JUAN GIMENEZ

Ich, der Drache

BAND 1

DAS ENDE DER SCHÖPFUNG

SPLITTER

Für Silvia...
die wahre Königin
dieser Geschichte.
JG

Band 1 | Das Ende der Schöpfung
ISBN: 978-3-86869-204-4

In Vorbereitung:
Band 2 | Titel folgt
ISBN: 978-3-86869-205-1

Foto: © C. Beauregard

Juan Giménez

Weitere Veröffentlichungen:

Giménez
Die Kaste der Meta-Barone | Splitter
Die Vierte Macht | Splitter
Leo Roa | Splitter
Müll | Alpha
Die Augen der Apocalypse | Alpha
Die Endzeit-Welten | Beta
Auf den Schwingen der Zeit | Beta

SPLITTER VERLAG
1. Auflage 12/2010

Aus dem Französischen von Tanja Krämling
MOI DRAGON: LA FIN DE LA GENÈSE

Bearbeitung: Andreas Pasing
Redaktion und Lettering: Delia Wüllner-Schulz
Covergestaltung: Dirk Schulz
Herstellung: Horst Gotta
Druck und buchbinderische Verarbeitung:
Himmer AG, Augsburg

Printed in Germany
ISBN: 978-3-86869-204-4

Weitere Infos und den Newsletter zu unserem Verlagsprogramm unter:
www.splitter-verlag.de

NOVEMBER 1280.
ALS WIR DIE ALTE BRÜCKE ÜBERQUERTEN, DIE DAS TAL VON FERONA MIT DEM FUSS DES BERGHANGS VERBAND, ERBLICKTEN WIR DAS MÄCHTIGE SCHLOSS VON ROSENTALL, DAS IN DER LETZTEN NACHTMITTAGSSONNE ERSTRAHLTE.
DIE GAUKLER, DIE IN DEN BEIDEN WAGEN REISTEN, UNTER IHNEN AUCH MEINE MUTTER, VERFOLGTEN NUR EIN EINZIGES ZIEL: ANKOMMEN, BEVOR ICH GEBOREN WÜRDE.
DEM HIMMEL SEI DANK! DA IST ROSENTALL!
DIE KLEINE REISE-GESELLSCHAFT WUSSTE ES NOCH NICHT, ABER IM SELBEN MOMENT WACHTE MADRAGON AUF, WIE JEDES JAHR ZU DIESER ZEIT. SIE SPÜR-TE, DASS MEINE MUTTER NICHT WEIT WAR.
JERMÉNEZ ©

DAS KIND KANN JEDEN MOMENT KOMMEN. WIR KÖNNEN VON GLÜCK SAGEN, WENN ES INNERHALB DER SCHLOSSMAUERN GEBOREN WIRD.
ZUR SELBEN ZEIT WAR EIN EINSAMER RITTER AUF EINEM ANDEREN WEG IN RICHTUNG FESTUNG UNTERWEGS.
EIN RITTER IN GROSSER GEFAHR, DENN ER BEFAND SICH IM VISIER EINER VORHUT-PATROUILLE DER ARMEE VON TROFEN.
LASS IHN ZIEHEN, TREPPO. DAS IST NICHT DER GEEIGNETE MOMENT, UM AUF UNS AUFMERKSAM ZU MACHEN.
DAS IST SEIN GLÜCKS-TAG! WIR SCHENKEN DEM KERL GERADE EIN ZWEITES LEBEN.
SILVIA WIRD SICH RIESIG FREUEN, WENN SIE ERFÄHRT, DASS DU EIN KIND BEKOMMST!
UND WIE WIRD SICH JORKIN ERST FREUEN, WENN ER DICH SIEHT, KRISS. HAST DU IHN VERGESSEN?
ERINNER MICH NICHT DARAN, VALKA!
WENN ICH ETWAS BEI EINEM BESUCH IN ROSENTALL HASSE, DANN, DASS ICH GEZWUNGEN BIN, DIESEN IDIOTEN JORKIN ZU TREFFEN.
DU MUSST ZUGEBEN, DASS ER EIN GEFÄHRLICHER IDIOT IST.

SIEHT AUS, ALS HÄTTE DER VULKAN FERONA VOR, SICH DEN FESTLICHKEITEN IM SCHLOSS ANZUSCHLIESSEN.
HALT! WER SEID IHR?
ROB, PAPYRENMEISTER UND PRINZ VON NORFOLKEN.
AH JA, VERSTEHE, EIN EHRENGAST. WILLKOMMEN IN ROSENTALL, MILORD.
HIER ENTLANG, MILORD. ICH BRINGE EUCH ZUM HOFMEISTER.
SEI GEGRÜSST, KAMIL. ES FREUT MICH, DICH AUCH DIESES JAHR WIEDERZUSEHEN. ES GIBT EINE PROGRAMMÄNDERUNG. KÖNIG BELMONTH BITTET EUCH, BEREITS HEUTE ABEND ZU SPIELEN! DU WEISST JA, WO EUER LAGERPLATZ IST!
JA, ICH WEISS, TOLBAC. WIR TUN UNSER MÖGLICHSTES.

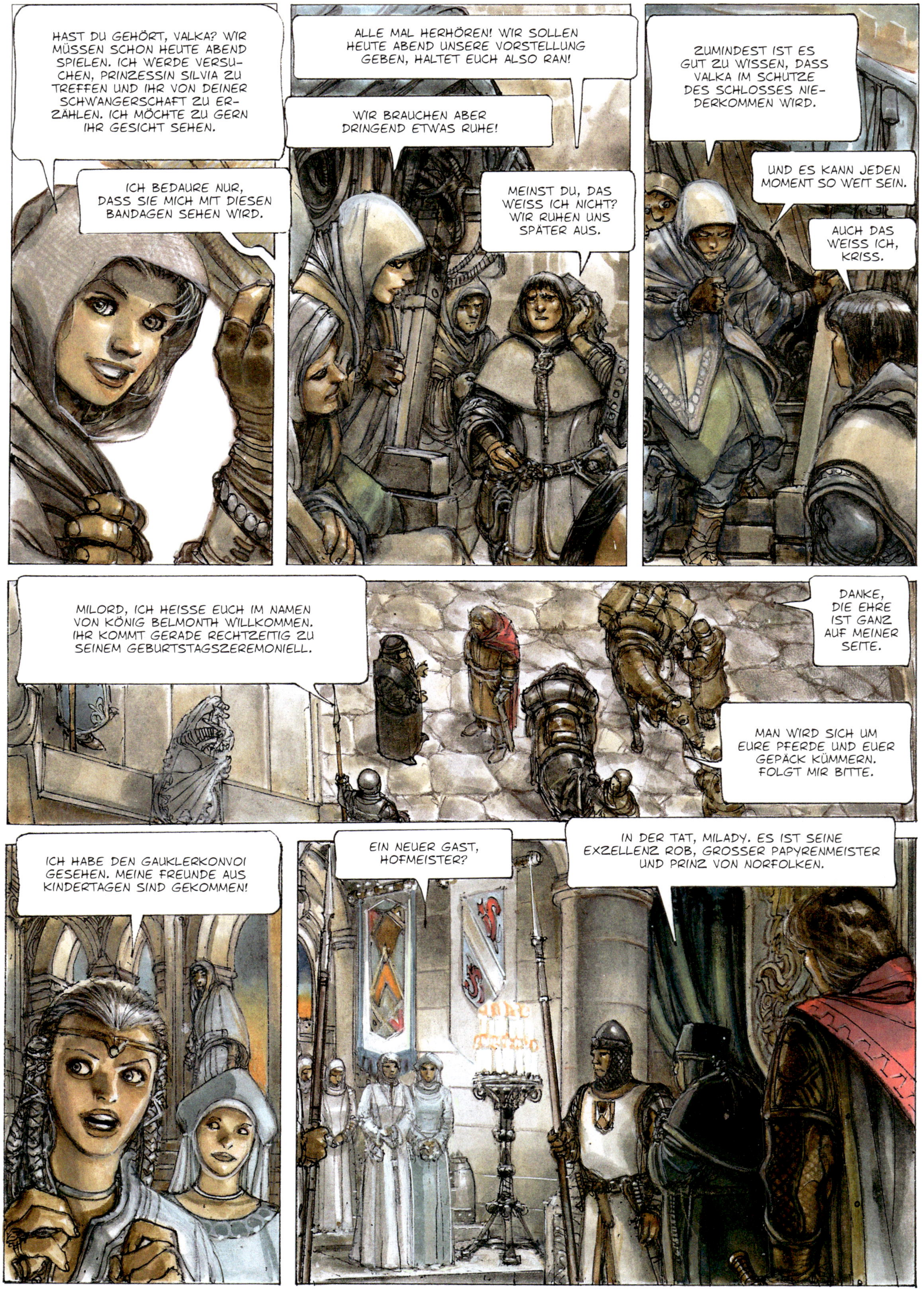
HAST DU GEHÖRT, VALKA? WIR MÜSSEN SCHON HEUTE ABEND SPIELEN. ICH WERDE VERSUCHEN, PRINZESSIN SILVIA ZU TREFFEN UND IHR VON DEINER SCHWANGERSCHAFT ZU ERZÄHLEN. ICH MÖCHTE ZU GERN IHR GESICHT SEHEN.
ICH BEDAURE NUR, DASS SIE MICH MIT DIESEN BANDAGEN SEHEN WIRD.
ALLE MAL HERHÖREN! WIR SOLLEN HEUTE ABEND UNSERE VORSTELLUNG GEBEN, HALTET EUCH ALSO RAN!
WIR BRAUCHEN ABER DRINGEND ETWAS RUHE!
MEINST DU, DAS WEISS ICH NICHT? WIR RUHEN UNS SPÄTER AUS.
ZUMINDEST IST ES GUT ZU WISSEN, DASS VALKA IM SCHUTZE DES SCHLOSSES NIEDERKOMMEN WIRD.
UND ES KANN JEDEN MOMENT SO WEIT SEIN.
AUCH DAS WEISS ICH, KRISS.
MILORD, ICH HEISSE EUCH IM NAMEN VON KÖNIG BELMONTH WILLKOMMEN. IHR KOMMT GERADE RECHTZEITIG ZU SEINEM GEBURTSTAGSZEREMONIELL.
DANKE, DIE EHRE IST GANZ AUF MEINER SEITE.
MAN WIRD SICH UM EURE PFERDE UND EUER GEPÄCK KÜMMERN. FOLGT MIR BITTE.
ICH HABE DEN GAUKLERKONVOI GESEHEN. MEINE FREUNDE AUS KINDERTAGEN SIND GEKOMMEN!
EIN NEUER GAST, HOFMEISTER?
IN DER TAT, MILADY. ES IST SEINE EXZELLENZ ROB, GROSSER PAPYRENMEISTER UND PRINZ VON NORFOLKEN.

MILORD, PRINZESSIN SILVIA BELMONTH VON FERONA.
WILLKOMMEN IN ROSENTALL.
ES IST MIR EINE EHRE, PRINZESSIN.
ICH HOFFE, EUCH BEIM ABENDESSEN ZU SEHEN.
GANZ GEWISS, MILADY.
KANNTEST DU DIESEN AUSSERGEWÖHNLICHEN PRINZEN MIT SEINEM HYPNOTISCHEN BLICK?
NEIN, BISHER NICHT... DOCH DAS WIRD SICH HEUTE ABEND SCHLAGARTIG ÄNDERN! ICH WERDE ÄUSSERST ZUVORKOMMEND SEIN... ABER LASS UNS JETZT MEINE FREUNDE BEGRÜSSEN.
AN JENEM ABEND...
ROB, GROSSMEISTER, PRINZ VON NORFOLKEN!
SETZT EUCH, MILORD, EUER PLATZ IST AN MEINEM TISCH.
DIES IST JORKIN, MEIN SOHN.
UND ZU MEINER LINKEN: SEINE EMINENZ FABIAN.
SEID WILLKOMMEN, MEIN SOHN.

UND DIES IST MEINE TOCHTER SILVIA.
WIR WURDEN EINANDER BEREITS VORGESTELLT. IHR DÜRFT EUCH NEBEN MICH SETZEN.
DANKE. ES IST MIR EINE EHRE.
KRISS, ENDLICH! ICH DACHTE SCHON, DU WÜRDEST NICHT MEHR KOMMEN!
ICH WAR BEI PRINZESSIN SILVIA. ALS ICH IHR VON VALKAS ZUSTAND BERICHTETE, HAT SIE VERANLASST, DASS SIE IN EIN ZIMMER IM SCHLOSS UMZIEHT.
ICH MUSSTE IHR HELFEN. WIE LÄUFT ES HIER?
ICH HABE SCHON LANGE NICHT MEHR SO VIEL WEIN UND SPEISEN GESEHEN. WIR SOLLEN ZUM ENDE DES ABENDESSENS AUFTRETEN.
PRINZ ROB IST MEIN NEUER RATGEBER FÜR MILITÄRISCHE ANGELEGENHEITEN UND RÜSTUNGSFRAGEN. ER WIRD UNSERE TRUPPEN MODERNISIEREN, UM UNSER REICH ZU BESCHÜTZEN... DARAUF TRINKEN WIR!
ZUR SELBEN ZEIT WIRD DER WESTLICHE WACHTPOSTEN AUF DEN BURGZINNEN VON EINER GERÄUSCHLOSEN ATTACKE NIEDERGESTRECKT.
DEN NÖRDLICHEN WACHTPOSTEN EREILT DASSELBE SCHICKSAL.

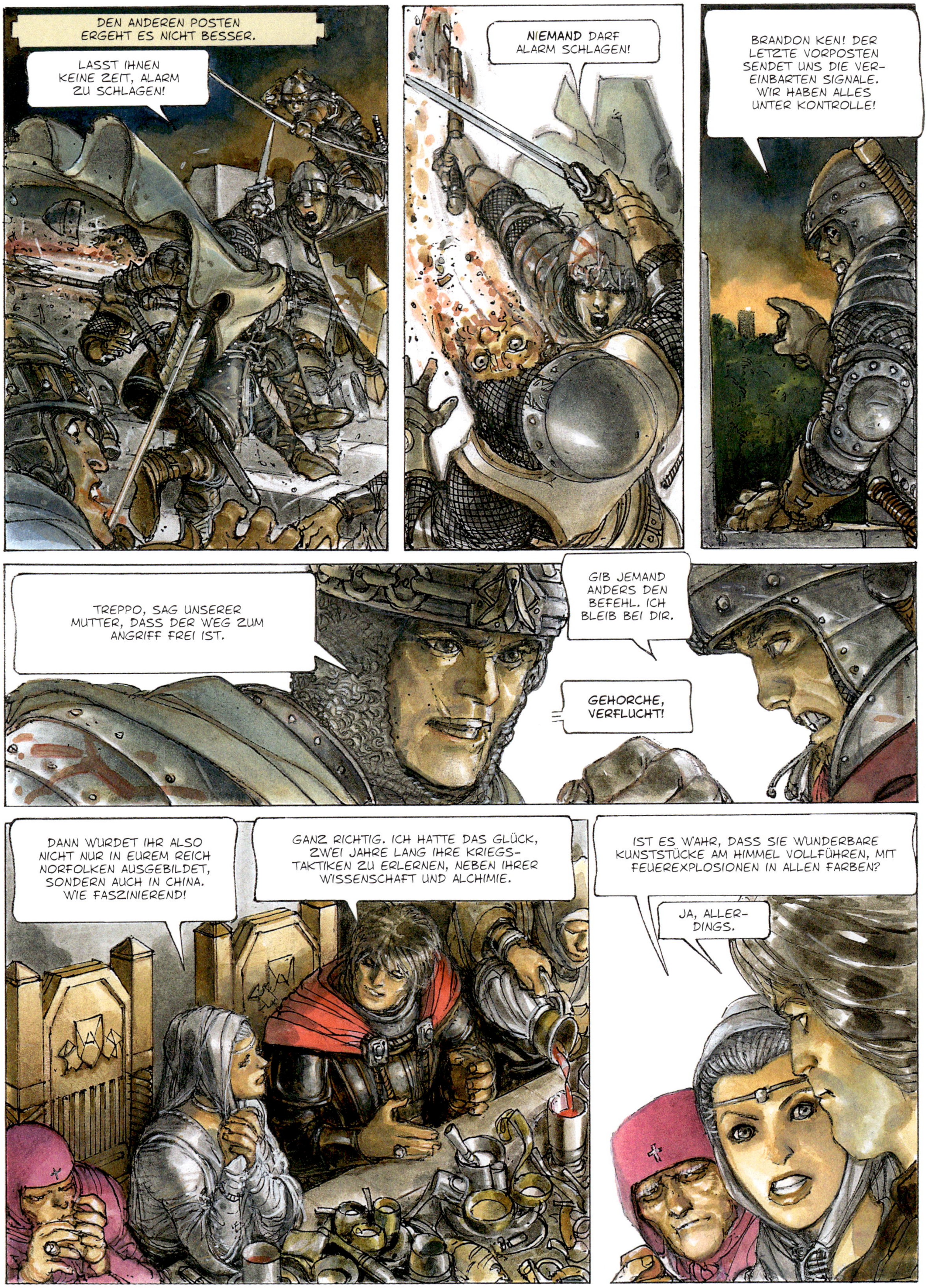
DEN ANDEREN POSTEN ERGEHT ES NICHT BESSER.
LASST IHNEN KEINE ZEIT, ALARM ZU SCHLAGEN!
NIEMAND DARF ALARM SCHLAGEN!
BRANDON KEN! DER LETZTE VORPOSTEN SENDET UNS DIE VEREINBARTEN SIGNALE. WIR HABEN ALLES UNTER KONTROLLE!
TREPPO, SAG UNSERER MUTTER, DASS DER WEG ZUM ANGRIFF FREI IST.
GIB JEMAND ANDERS DEN BEFEHL. ICH BLEIB BEI DIR.
GEHORCHE, VERFLUCHT!
DANN WURDET IHR ALSO NICHT NUR IN EUREM REICH NORFOLKEN AUSGEBILDET, SONDERN AUCH IN CHINA. WIE FASZINIEREND!
GANZ RICHTIG. ICH HATTE DAS GLÜCK, ZWEI JAHRE LANG IHRE KRIEGSTAKTIKEN ZU ERLERNEN, NEBEN IHRER WISSENSCHAFT UND ALCHIMIE.
IST ES WAHR, DASS SIE WUNDERBARE KUNSTSTÜCKE AM HIMMEL VOLLFÜHREN, MIT FEUEREXPLOSIONEN IN ALLEN FARBEN?
JA, ALLERDINGS.

ICH HABE GEHÖRT, DIESES HEIDNISCHE SPEKTAKEL KÄME DIREKT AUS DER HÖLLE...
ICH FÜRCHTE, DA SEID IHR SCHLECHT INFORMIERT. ES WIRD MITTELS EINES SPEZIELLEN STAUBS ERZEUGT, DER »PULVER« GENANNT WIRD UND AUS NATÜRLICHEN STOFFEN BESTEHT.
ICH BITTE UM EURE GESCHÄTZTE AUFMERKSAMKEIT! ICH MÖCHTE EINEN TRINKSPRUCH AUF MEINEN VATER AUSBRINGEN...
KÖNIG FERNANDO BELMONTH IST UND BLEIBT DER BESTE ALLER KÖNIGE VON FERONA, ABER EINES FERNEN TAGES, WENN ICH SEINE NACHFOLGE ANTRETE, WILL ICH NOCH BESSER SEIN.
JORKIN, SEI STILL! DU BIST BETRUNKEN... MACH DICH NICHT LÄCHERLICH!
JA, DU HAST RECHT. WIE IMMER HABE ICH ZU VIEL GETRUNKEN. ICH HABE DEN EINDRUCK, ALS WÜRDE DER BODEN SCHWANKEN.
ABER... ER SCHWANKT WIRKLICH! SEHT DOCH, DIE KERZEN!
DAS GESAMTE SCHLOSS ZITTERT. GOTT IM HIMMEL!
HILFE!
BEWAHRT RUHE! RUHIG! DAS IST NUR EIN KLEINES ERDBEBEN.
MADRAGON IST ERWACHT. IRGENDETWAS MERKWÜRDIGES GESCHIEHT IN DER GEGEND.

GENAU IN DIESEM MOMENT KAM ICH AUF DIE WELT; EINE KALTE UND LAUTE WELT.
LOS, PRESSEN, VALKA. WEITER, NOCH EIN KLEI-NES BISSCHEN.
ICH KANN NOCH NICHT SEHEN, OB ES EIN JUNGE ODER EIN MÄDCHEN IST.
DA, SEHT DOCH! DAS IST MADRAGON.
WO DENN?
ICH SEHE NICHTS.
SIE IST WEG...! MUSIKER! LASST DIE MUSIKER HEREIN! VIELLEICHT KÖNNEN SIE VERHINDERN, DASS UNS MADRAGON ENDGÜLTIG DAS FEST VERDIRBT.
MADRAGON?
EIN WEIBLICHER DRACHE, DER IM VULKAN LEBT. ANSCHEINEND IST SIE ZORNIG UND SPUCKT FEUER.
SIE MÖCHTEN, DASS WIR DIE VORSTELLUNG VORVERLEGEN. DU GEHST ALS ERSTE REIN, KRISS. JOBITH, DU FOLGST IHR. DANN KOMMST DU, SANDRO.
MUSIK!
AM SCHLIMMSTEN WAR DAS LICHT. UND DIESE FURCHTBAREN GERÄUSCHE. ALLES WAR SCHMERZ.
ES IST EIN JUNGE, VALKA. GESUND UND MUNTER...
DEM HIMMEL SEI DANK, ER IST WOHLAUF. ZEIG IHN MIR!
UÄÄÄÄÄH!
BEI ALLEN GÖTTERN. IST DAS ETWA KRISS? WIE GROSS SIE GEWORDEN IST!

NACH DEM ERDSTOSS SPIE DER VULKAN FERONA WEITERHIN FEUER UND ZOG DAMIT DIE AUFMERKSAMKEIT ALLER WACHTPOSTEN AUF SICH.
DIE SOLDATEN VON TROFEN, DIE SICH RUND UM DAS SCHLOSS FORMIERT HATTEN, NUTZTEN DIE SITUATION, UM DEN SCHUTZWALL ANZUGREIFEN.
PERFEKT! DA STEHEN NUR ZWEI WACHEN!
JETZT!
SO FAND DER LETZTE AKT DES ANGRIFFS STATT, OHNE DASS IRGENDJEMAND INNERHALB DER MAUERN VERDACHT SCHÖPFTE.

DENN WÄHRENDDESSEN...
BITTE VERZEIHT MIR, MEINE HERREN. ICH WERDE MICH ZURÜCK-ZIEHEN. ICH BIN SEHR MÜDE.
ICH WERDE MICH ANSCHLIESSEN, MILADY. DÜRFTE ICH DARUM BITTEN, DASS MICH JEMAND ZU MEINEM GEMACH FÜHRT?
DAS ÜBERNEHME ICH GERN. ES LIEGT AUF MEINEM WEG.
MIT EURER ERLAUBNIS, MAJESTÄT.
RUHT EUCH NUR AUS. WIR SEHEN UNS MORGEN.
KRISS, WARTE... ICH HATTE DICH GAR NICHT WIEDERERKANNT. DU HAST DICH SO... VERÄNDERT.
IHR NICHT, MILORD. IHR SEID NOCH DERSELBE.
KRISS, WIR MÜSSEN REDEN. KOMM MIT MIR. DU KANNST DIR NICHT VORSTELLEN, WIE SEHR ICH DICH VERMISST HABE.
IHR TUT MIR WEH! LASST MICH BITTE LOS!
MILORD, DIE DAME HAT EUCH GEBETEN, SIE LOSZULASSEN. WAS IST DARAN NICHT ZU VERSTEHEN?
DU SOLLTEST SIE BESSER LOS-LASSEN, JORKIN!
ICH HABE EUCH NICHT EINGELADEN, MILORD. ALSO LASSE ICH MIR VON EUCH AUCH NICHTS VORSCHREIBEN! ABER VIELLEICHT SOLLTE ICH EUCH BESSERE MANIEREN BEIBRINGEN.
JORKIN, HÖR AUF!
DU BELEIDIGST MEINEN GAST, DU NARR! NOCH BESTIMME ICH HIER DIE REGELN! UND NUN GEH MIR AUS DEN AUGEN, BEVOR ICH MICH VERGESSE!

ALLE MÖGEN SICH WEITER AMÜSIEREN! DIE TÄNZER SOLLEN AUF DIE TANZFLÄCHE KOMMEN!
EMINENZ, DAS BEBEN HAT EINEN GEWALTIGEN ERDRUTSCH IM BURGVERLIES AUSGELÖST. SEINE MAJESTÄT DER KÖNIG SOLLTE DARÜBER INFORMIERT WERDEN.
NEIN, STÖREN WIR IHN NICHT. ICH WERDE MICH PERSÖNLICH VOR ORT BEGEBEN.
WIE IHR WÜNSCHT, EMINENZ.
DANKE, DASS IHR MICH BEGLEITET, PRINZESSIN. DENNOCH HABE ICH DEN EINDRUCK, ALS WÄRET IHR ETWAS ANGESPANNT. ICH HOFFE, ICH BIN NICHT DER GRUND DAFÜR.
KEINESWEGS.
ES IST DAS VERHALTEN MEINES BRUDERS. TUT MIR LEID, DASS DIE HEUTIGE NACHT SO TURBULENT WAR. AUSSERDEM HAT MICH DIESES ERDBEBEN VERÄNGSTIGT. EINE DERARTIGE NATURGEWALT HABEN WIR SCHON LANGE NICHT MEHR ERLEBT.
NOCH DAZU HEISST ES, MAN HABE MADRAGON FLIEGEN SEHEN. UND DAS IST IMMER EIN GRUND ZUR SORGE.
VERGEBT MIR, WENN ICH EURE SORGEN NICHT TEILEN KANN, PRINZESSIN, DOCH MOMENTAN KOSTE ICH IN ERSTER LINIE DAS VERGNÜGEN AUS, EURE BEKANNTSCHAFT ZU MACHEN.
WENN ICH SO DARÜBER NACHDENKE, DANN GEHT ES MIR ÄHNLICH.
WIR MÜSSEN DIE STÜTZMAUER DES UNTERIRDISCHEN SEES ÜBERPRÜFEN.
GEWISS DOCH, EUER EMINENZ.
WAS IST DENN PASSIERT, EUER EMINENZ FABIAN?

HEUTE NACHT IST DIE HÖLLE LOSGEBROCHEN. SIE HAT MADRAGON GEWECKT UND PRAKTISCH DAS GESAMTE FUNDAMENT VON ROSENTALL ZERSTÖRT.
ZAHLREICHE SEELEN SITZEN IHRE STRAFE IM VERLIES AB. ICH MUSS NACHSEHEN, WAS DORT UNTEN GESCHEHEN IST.
ICH SOLLTE EUCH BESSER BEGLEITEN, EMINENZ.
DANKE, MILADY, ABER DAS IST NICHT NÖTIG. KÜMMERT EUCH LIEBER UM EURE GÄSTE.
IHR SOLLTET SEINER EMINENZ NICHT WIDERSPRECHEN.
JA, IHR HABT RECHT. ICH WERDE MICH UM DIE GÄSTE KÜMMERN, NUR EBEN ETWAS SPÄTER.
MIR IST WOHLER, WENN ICH IHN BEGLEITE. ENTSCHULDIGT MICH...
DOCH ZUVOR...
HE, ICH WAR NOCH NICHT FERTIG...
PECH FÜR DICH.

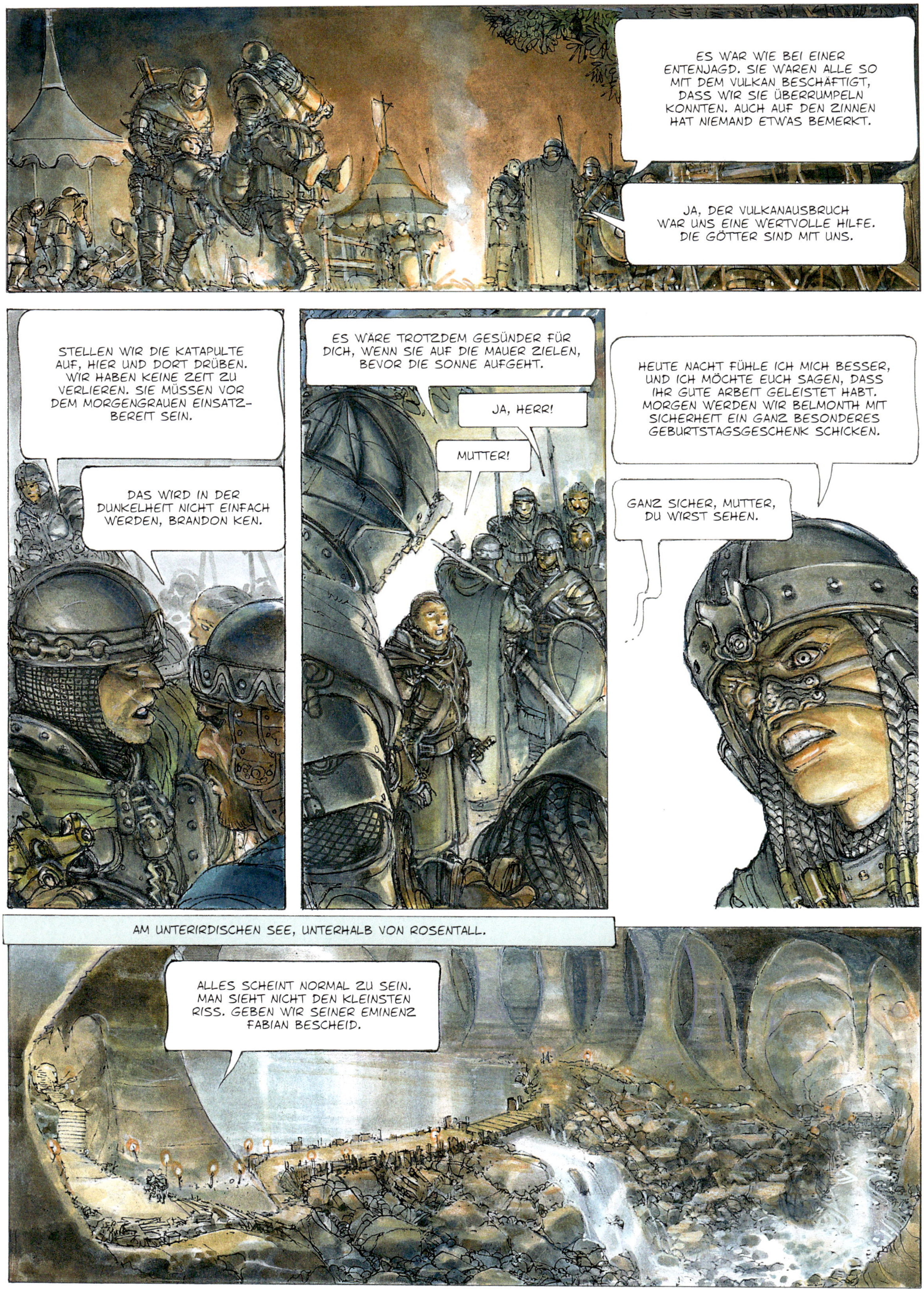

ES WAR WIE BEI EINER ENTENJAGD. SIE WAREN ALLE SO MIT DEM VULKAN BESCHÄFTIGT, DASS WIR SIE ÜBERRUMPELN KONNTEN. AUCH AUF DEN ZINNEN HAT NIEMAND ETWAS BEMERKT.
JA, DER VULKANAUSBRUCH WAR UNS EINE WERTVOLLE HILFE. DIE GÖTTER SIND MIT UNS.
STELLEN WIR DIE KATAPULTE AUF, HIER UND DORT DRÜBEN. WIR HABEN KEINE ZEIT ZU VERLIEREN. SIE MÜSSEN VOR DEM MORGENGRAUEN EINSATZ-BEREIT SEIN.
DAS WIRD IN DER DUNKELHEIT NICHT EINFACH WERDEN, BRANDON KEN.
ES WÄRE TROTZDEM GESÜNDER FÜR DICH, WENN SIE AUF DIE MAUER ZIELEN, BEVOR DIE SONNE AUFGEHT.
JA, HERR!
MUTTER!
HEUTE NACHT FÜHLE ICH MICH BESSER, UND ICH MÖCHTE EUCH SAGEN, DASS IHR GUTE ARBEIT GELEISTET HABT. MORGEN WERDEN WIR BELMONTH MIT SICHERHEIT EIN GANZ BESONDERES GEBURTSTAGSGESCHENK SCHICKEN.
GANZ SICHER, MUTTER, DU WIRST SEHEN.
AM UNTERIRDISCHEN SEE, UNTERHALB VON ROSENTALL.
ALLES SCHEINT NORMAL ZU SEIN. MAN SIEHT NICHT DEN KLEINSTEN RISS. GEBEN WIR SEINER EMINENZ FABIAN BESCHEID.

IM ROTEN FLÜGEL DES SCHLOSSES.
KRISS! DIES IST DEIN ERSTER NEFFE!
NIKO, DARF ICH VORSTELLEN: JOBITH UND KRISS.
IST DER ABER HÜBSCH! WILLKOMMEN IN DIESER VERFLUCHTEN WELT, NIKO!
EIN KOMPLIMENT UND EIN WILLKOMMENSGRUSS, UM DAS LEBEN ZU BEGINNEN. IN BEIDEN PUNKTEN SOLLTE MEINE TANTE KRISS RECHT BEHALTEN.
AUCH MIT MEINEM COUSIN JOBITH MACHTE ICH ERSTE BEKANNTSCHAFT.
ES TUT UNS SO LEID, DASS WIR WÄHREND NIKOS GEBURT NICHT BEI DIR SEIN KONNTEN.
ICH WERDE IHM MEINE JONGLIERNUMMER ZEIGEN.
ZUM GLÜCK IST ALLES GUT GELAUFEN. ICH HABE DAS ERDBEBEN NICHT EINMAL BEMERKT. UND WIE SEID IHR BEI DER VORSTELLUNG OHNE MICH KLARGEKOMMEN?
WIR HABEN GETAN, WAS WIR KONNTEN, TROTZ DES VULKANAUSBRUCHS UND DEM FLUG DES DRACHENS.
JEDENFALLS HAT ES IHNEN GEFALLEN. UND OBENDREIN HABEN SIE MIR SCHON EINEN VORSCHUSS FÜR EINE PRIVATVORSTELLUNG HEUTE ABEND GESCHICKT.
KRISS, ICH VERSPRECHE DIR, DASS WIR WIEDER ZUSAMMEN SPIELEN WERDEN, SOBALD MEINE HAUT VERHEILT IST. DOCH IM MOMENT WILL ICH NICHT, DASS MICH JEMAND IN DIESEM ZUSTAND SIEHT.
NATÜRLICH. PASS AUF NIKO AUF UND ERHOL DICH GUT. ICH MUSS JETZT GEHEN.

IM BURGVERLIES.
HAUPTSÄCHLICH SIND DIE ÄLTESTEN GÄNGE VOM ERDRUTSCH BETROFFEN, EMINENZ FABIAN.
IHR MEINT ALSO, ES WAREN KEINE GEFANGENEN DORT?
SO IST ES, EMINENZ. ALLERDINGS HABEN WIR EINE MUMIFIZIERTE LEICHE GEFUNDEN.
MUMIFIZIERT? ZEIGT MIR DEN FUNDORT!
SIE LAG NICHT IN EINER ZELLE. ES HANDELT SICH UM EINEN GEMAUERTEN WALL AM ENDE DES GANGS. DER ERDRUTSCH HAT IHN FREIGELEGT.
PRINZESSIN SILVIA! IHR SOLLTET NICHT HIER SEIN, MILADY.
ICH MUSS DEN SCHADEN EBENFALLS BEGUTACHTEN. WÄRET IHR NICHT DAGEWESEN, DANN WÄRE ICH OHNEHIN HERGEKOMMEN.
SEID VORSICHTIG BEIM HINABSTEIGEN. HIER IST SIE.
BEI ALLEN HEILIGEN!
WAS IST LOS, EUER EMINENZ? ES IST DOCH NUR EINE MUMIE. ODER ERKENNT IHR SIE LETZTEN ENDES WIEDER?
NEIN, DAS IST ES NICHT. ICH STELLE MIR NUR DIE QUALEN DIESES ARMEN MANNES VOR.
HAUPTMANN TOLBAC. LASST DEN LEICHNAM INS SCHLOSS BRINGEN. WIR WERDEN IHM EIN WÜRDEVOLLES BEGRÄBNIS AUSRICHTEN. UND SORGT DAFÜR, DASS NIEMAND HIER HEREINKOMMT.
JA, MILADY.

DA WIR SCHON HIER SIND, KÖNNEN WIR GLEICH EINEN BLICK AUF DIE STÜTZMAUER DES UNTERIRDISCHEN SEES WERFEN.
DAS HABEN WIR BEREITS GETAN, MILADY, SIE IST IN EINWANDFREIEM ZUSTAND.
ES IST NICHT NÖTIG, HEUTE NACHT NOCH MAL DORT HINZUGEHEN. WIR SIND AUSSERDEM DABEI, DEN GANZEN INNEREN MAUERSEKTOR ZU KONTROLLIEREN.
SEHR GUT, HAUPTMANN. ICH WERDE MEINEN VATER ÜBER ALL DAS HIER INFORMIEREN. KEHREN WIR UM, EUER EMINENZ?
JA, GEHEN WIR, MILADY.
ZUR SELBEN ZEIT IM KÖNIGLICHEN TURM.
MILORD, DIES IST KRISS, DIE ARTISTIN, DIE IHR ERWARTET.
ICH BITTE DICH, KRISS, TRITT EIN, MEIN FEUERVOGEL! ICH WAR ES, DER DICH RUFEN LIESS.
PRINZ JORKIN!
MACH ES DIR BEQUEM, KRISS. DEINE NUMMER HAT MICH FASZINIERT. ICH MÖCHTE SIE NOCH EINMAL SEHEN.
ICH VERMUTE, DU MÖCHTEST DICH FERTIGMACHEN UND UMKLEIDEN. DAS KANNST DU GLEICH HIER TUN.
MÖCHTEST DU ETWAS TRINKEN?
NEIN DANKE, MILORD. SO HABE ICH MIR DIESE AUFFÜHRUNG WIRKLICH NICHT VORGESTELLT. ICH FÜRCHTE, ES HANDELT SICH UM EIN MISSVERSTÄNDNIS.
EIN MISSVERSTÄNDNIS? LASS ES MICH EINMAL SO AUSDRÜCKEN: WIR HABEN DIE GANZE NACHT FÜR UNS.
ABER WAS TUT IHR, MILORD? IHR SEID BETRUNKEN!

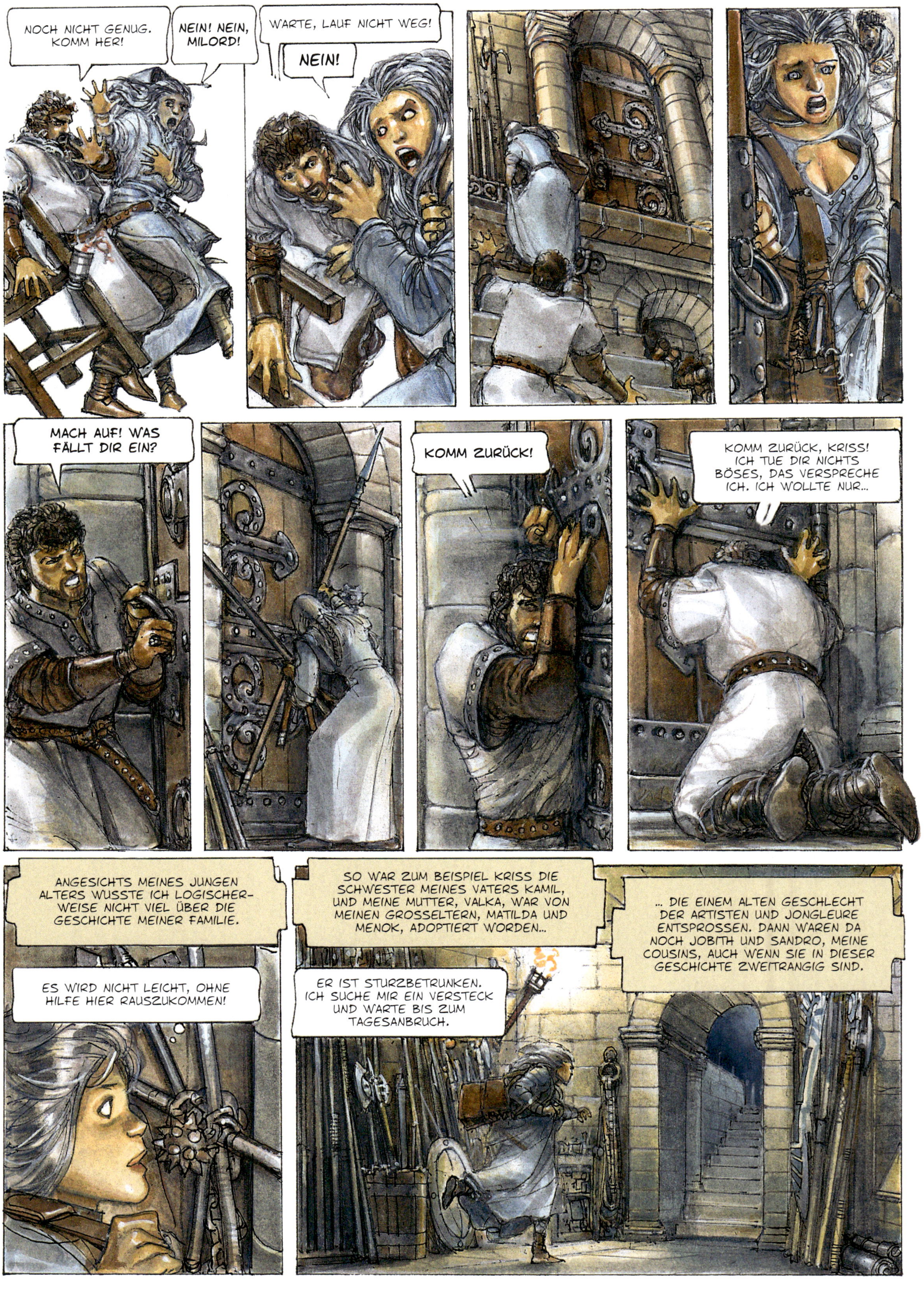
NOCH NICHT GENUG. KOMM HER!
NEIN! NEIN, MILORD!
WARTE, LAUF NICHT WEG!
NEIN!
MACH AUF! WAS FÄLLT DIR EIN?
KOMM ZURÜCK!
KOMM ZURÜCK, KRISS! ICH TUE DIR NICHTS BÖSES, DAS VERSPRECHE ICH. ICH WOLLTE NUR...
ANGESICHTS MEINES JUNGEN ALTERS WUSSTE ICH LOGISCHERWEISE NICHT VIEL ÜBER DIE GESCHICHTE MEINER FAMILIE.
ES WIRD NICHT LEICHT, OHNE HILFE HIER RAUSZUKOMMEN!
SO WAR ZUM BEISPIEL KRISS DIE SCHWESTER MEINES VATERS KAMIL, UND MEINE MUTTER, VALKA, WAR VON MEINEN GROSSELTERN, MATILDA UND MENOK, ADOPTIERT WORDEN...
... DIE EINEM ALTEN GESCHLECHT DER ARTISTEN UND JONGLEURE ENTSPROSSEN. DANN WAREN DA NOCH JOBITH UND SANDRO, MEINE COUSINS, AUCH WENN SIE IN DIESER GESCHICHTE ZWEITRANGIG SIND.
ER IST STURZBETRUNKEN. ICH SUCHE MIR EIN VERSTECK UND WARTE BIS ZUM TAGESANBRUCH.

KAMIL! KRISS IST IN NOT!
WOHER WILLST DU DAS WISSEN, VALKA? DU HAST SCHLECHT GETRÄUMT. RUH DICH AUS! SCHLAF WEITER!
VATER, WIE GUT, DASS ICH DICH TREFFE. ICH WAR MIT SEINER EMINENZ FABIAN IM BURGVERLIES. NUR EINE MAUER IST EINGESTÜRZT. SIE VERBARG EINE MUMIFIZIERTE LEICHE.
MUMIFIZIERT?
JA, UND FABIAN BEKAM EINEN SCHOCK... ICH GLAUBE, ER HAT ETWAS WIEDERERKANNT, DAS DIE LEICHE IN DEN HÄNDEN HIELT.
SELTSAM! ICH SPRECHE MORGEN MIT IHM DARÜBER. GIBT ES WEITERE SCHÄDEN?
ZUM GLÜCK NICHT, AUSSER EINEN BEDEUTUNGSLOSEN RISS. UND WIE SIND INDES DIE FESTLICHKEITEN GELAUFEN?
SEHR GUT, ABGESEHEN VOM BENEHMEN DEINES BRUDERS. ICH WERDE MICH HINLEGEN, SILVIA. BIS MORGEN, ICH BIN SEHR MÜDE.
BIS MORGEN, VATER.
EINIGE STUNDEN SPÄTER, BEI SONNENAUFGANG.
WAS IST LOS, SILVIA?
SOLDAT, WAS IST DAS FÜR EIN LÄRM DA DRAUSSEN? ES HÖRT SICH BEINAHE AN, ALS WÜRDE DAS SCHLOSS ANGEGRIFFEN!
SO IST ES, PRINZESSIN SILVIA. EINE GANZE ARMEE UMZINGELT ROSENTALL.

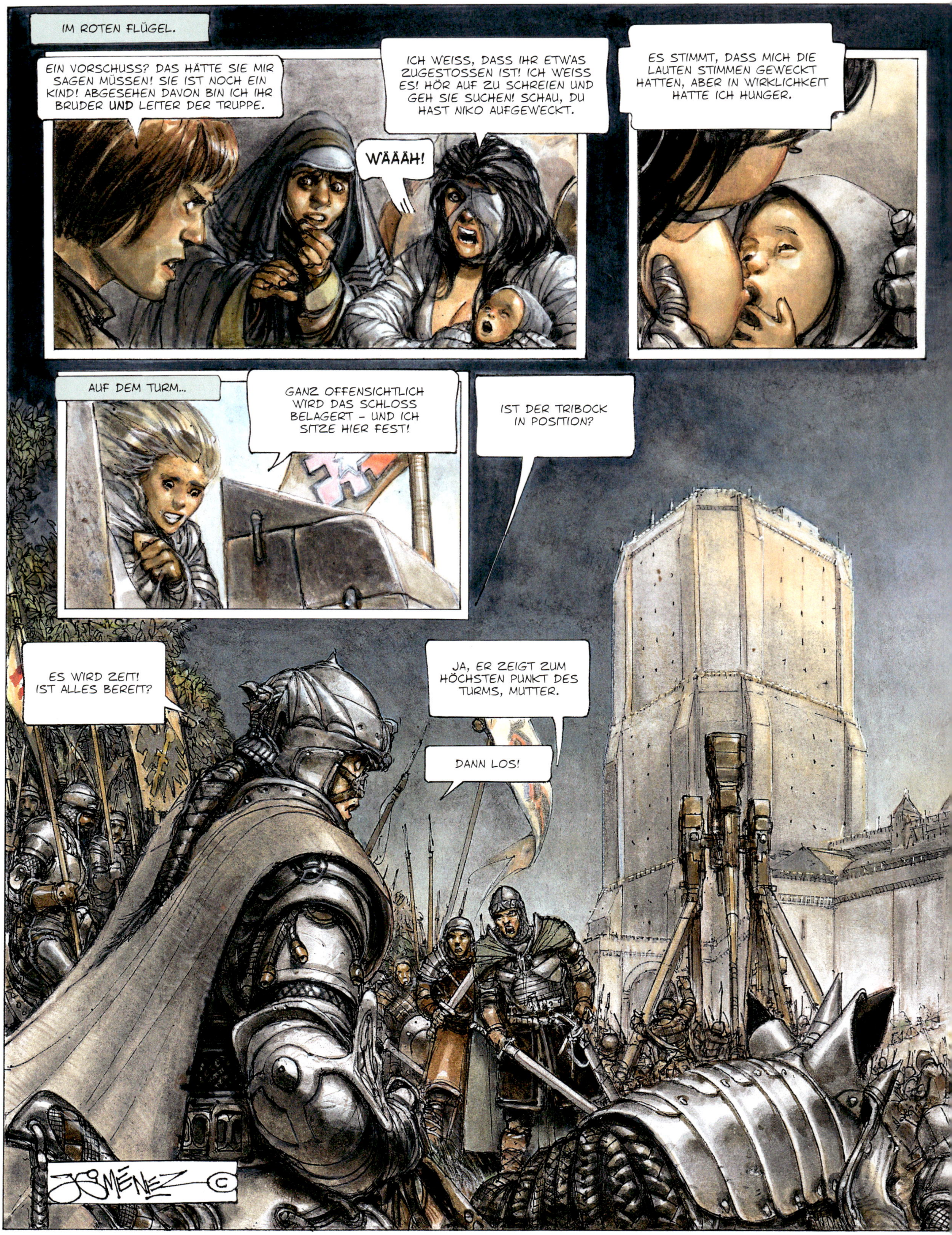
IM ROTEN FLÜGEL.
EIN VORSCHUSS? DAS HÄTTE SIE MIR SAGEN MÜSSEN! SIE IST NOCH EIN KIND! ABGESEHEN DAVON BIN ICH IHR BRUDER UND LEITER DER TRUPPE.
ICH WEISS, DASS IHR ETWAS ZUGESTOSSEN IST! ICH WEISS ES! HÖR AUF ZU SCHREIEN UND GEH SIE SUCHEN! SCHAU, DU HAST NIKO AUFGEWECKT.
WÄÄÄH!
ES STIMMT, DASS MICH DIE LAUTEN STIMMEN GEWECKT HATTEN, ABER IN WIRKLICHKEIT HATTE ICH HUNGER.
AUF DEM TURM...
GANZ OFFENSICHTLICH WIRD DAS SCHLOSS BELAGERT – UND ICH SITZE HIER FEST!
IST DER TRIBOCK IN POSITION?
ES WIRD ZEIT! IST ALLES BEREIT?
JA, ER ZEIGT ZUM HÖCHSTEN PUNKT DES TURMS, MUTTER.
DANN LOS!
JIMÉNEZ ©

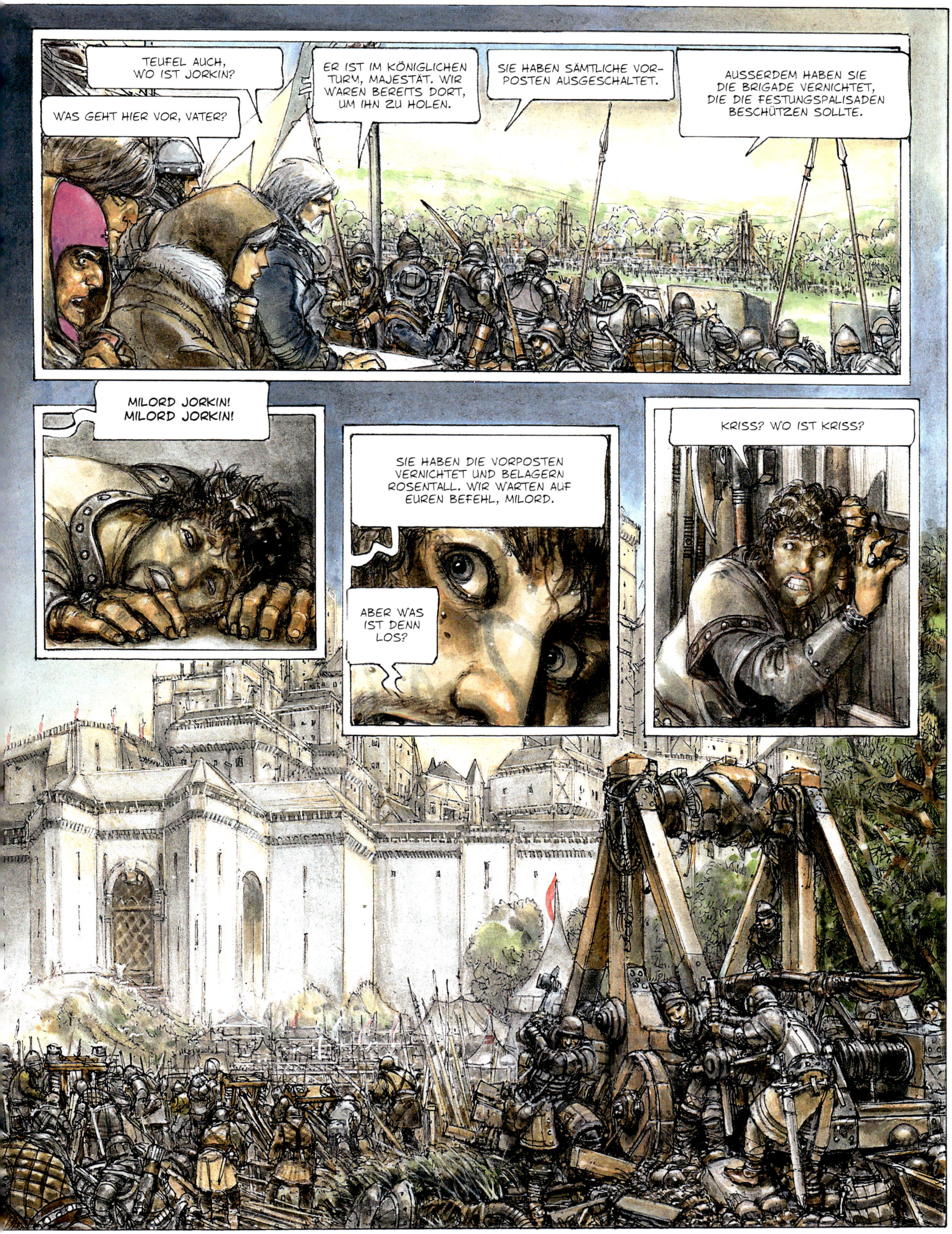
TEUFEL AUCH, WO IST JORKIN?
WAS GEHT HIER VOR, VATER?
ER IST IM KÖNIGLICHEN TURM, MAJESTÄT. WIR WAREN BEREITS DORT, UM IHN ZU HOLEN.
SIE HABEN SÄMTLICHE VORPOSTEN AUSGESCHALTET.
AUSSERDEM HABEN SIE DIE BRIGADE VERNICHTET, DIE DIE FESTUNGSPALISADEN BESCHÜTZEN SOLLTE.
MILORD JORKIN! MILORD JORKIN!
SIE HABEN DIE VORPOSTEN VERNICHTET UND BELAGERN ROSENTALL. WIR WARTEN AUF EUREN BEFEHL, MILORD.
ABER WAS IST DENN LOS?
KRISS? WO IST KRISS?

LOS, FINDET MIR DAS MÄDCHEN! ES MUSS IRGENDWO DA DRAUSSEN SEIN.
DA IST SIE!
HE, DU, HALT!
HALT! WIR WOLLEN DIR NICHTS BÖSES TUN.

VOLLTREFFER!
MITTEN IN DIE MAUER!
ALLES IN ORDNUNG, MILORD?!
ICH FÜRCHTE, SIE HATTE KEIN GLÜCK.
NICHTS ZU MACHEN, SIE WURDE VOLL GETROFFEN.
SIND ALLE LANZENSCHLEUDERN BEREIT, TREPPO?
JA, MUTTER. ALLE LANZEN ZIELEN AUF DAS WACHTOR.
UND LOS!

ACHTUNG, SIE GREIFEN UNS MIT BALLISTEN AN!
AAAAH!
SIE SCHIESSEN NICHT MEHR.
DA IST ETWAS UM DIE LANZEN GEWICKELT.
ALLE ENTHALTEN DIESELBE BOTSCHAFT AN DEN KÖNIG. SIE HABEN ZUMINDEST SICHERGESTELLT, DASS ER SIE AUCH WIRKLICH ERHÄLT.
WAS HAST DU GETAN, DU DUMMKOPF? BIST DU DIESEM MÄDCHEN IN DEN TURM GEFOLGT?
ICH... NEIN... DAS WAR NICHT MEINE ABSICHT.
IMMER WIEDER DIESE AUSREDEN. DU BIST UNVERANTWORTLICH. DU HAST MICH GEBETEN, DIR EINEN POSTEN IN DER VERTEIDIGUNG VON ROSENTALL ZUZUWEISEN, UND WAS MACHST DU?
VATER, ICH...
SEIT DEINER GEBURT MACHST DU NUR PROBLEME. DEINE MUTTER STARB DURCH DEINE SCHULD, UND BIS HEUTE HAST DU NICHTS ANDERES GEMACHT ALS UNFUG! DU BIST EIN UNVERBESSERLICHER IDIOT!

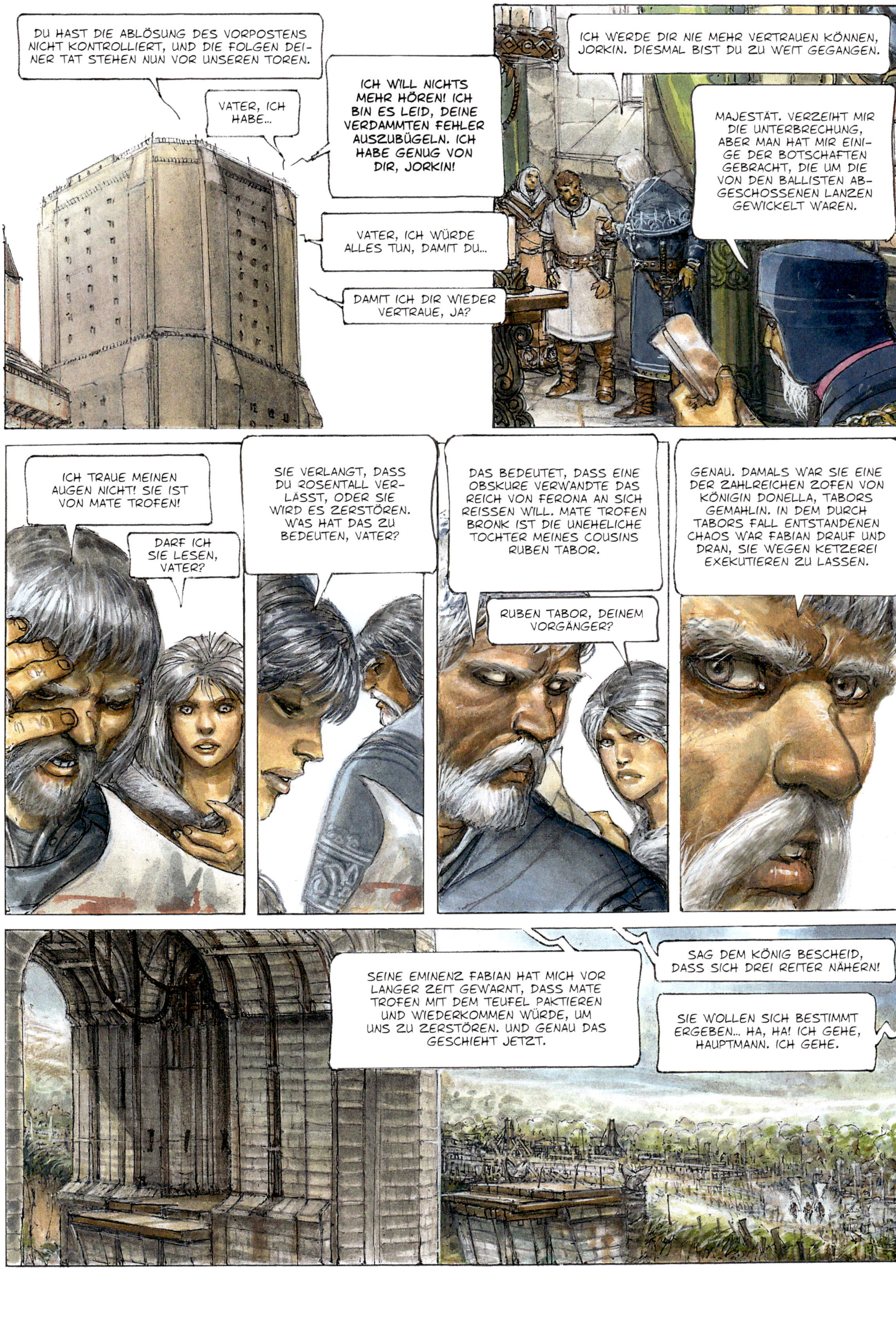
DU HAST DIE ABLÖSUNG DES VORPOSTENS NICHT KONTROLLIERT, UND DIE FOLGEN DEINER TAT STEHEN NUN VOR UNSEREN TOREN.
VATER, ICH HABE...
ICH WILL NICHTS MEHR HÖREN! ICH BIN ES LEID, DEINE VERDAMMTEN FEHLER AUSZUBÜGELN. ICH HABE GENUG VON DIR, JORKIN!
VATER, ICH WÜRDE ALLES TUN, DAMIT DU...
DAMIT ICH DIR WIEDER VERTRAUE, JA?
ICH WERDE DIR NIE MEHR VERTRAUEN KÖNNEN, JORKIN. DIESMAL BIST DU ZU WEIT GEGANGEN.
MAJESTÄT. VERZEIHT MIR DIE UNTERBRECHUNG, ABER MAN HAT MIR EINIGE DER BOTSCHAFTEN GEBRACHT, DIE UM DIE VON DEN BALLISTEN ABGESCHOSSENEN LANZEN GEWICKELT WAREN.
ICH TRAUE MEINEN AUGEN NICHT! SIE IST VON MATE TROFEN!
DARF ICH SIE LESEN, VATER?
SIE VERLANGT, DASS DU ROSENTALL VERLÄSST, ODER SIE WIRD ES ZERSTÖREN. WAS HAT DAS ZU BEDEUTEN, VATER?
DAS BEDEUTET, DASS EINE OBSKURE VERWANDTE DAS REICH VON FERONA AN SICH REISSEN WILL. MATE TROFEN BRONK IST DIE UNEHELICHE TOCHTER MEINES COUSINS RUBEN TABOR.
RUBEN TABOR, DEINEM VORGÄNGER?
GENAU. DAMALS WAR SIE EINE DER ZAHLREICHEN ZOFEN VON KÖNIGIN DONELLA, TABORS GEMAHLIN. IN DEM DURCH TABORS FALL ENTSTANDENEN CHAOS WAR FABIAN DRAUF UND DRAN, SIE WEGEN KETZEREI EXEKUTIEREN ZU LASSEN.
SEINE EMINENZ FABIAN HAT MICH VOR LANGER ZEIT GEWARNT, DASS MATE TROFEN MIT DEM TEUFEL PAKTIEREN UND WIEDERKOMMEN WÜRDE, UM UNS ZU ZERSTÖREN. UND GENAU DAS GESCHIEHT JETZT.
SAG DEM KÖNIG BESCHEID, DASS SICH DREI REITER NÄHERN!
SIE WOLLEN SICH BESTIMMT ERGEBEN... HA, HA! ICH GEHE, HAUPTMANN. ICH GEHE.

BELMONTH! ICH WEISS, DASS DU DA BIST. HÖR GUT ZU, DU VERFLUCHTER VERRÄTER! ICH BIN MATE TROFEN.
MIT MEINEN SÖHNEN UND IM NAMEN VON RALF BRONK BIN ICH HIER, UM DAS REICH FERONA ZURÜCKZUEROBERN, DAS IHR UNS SO FEIGE GERAUBT HABT... DU UND DEIN VERFLUCHTER FABIAN, DEN ICH, WENN ER NICHT SCHON TOT IST, MIT BLOSSEN HÄNDEN ERWÜRGEN WERDE.
ICH WEISS NICHT, WOVON DU REDEST. WARUM ERZÄHLST DU MIR DEINE ELENDEN FAMILIENGESCHICHTEN UND KOMMST HIER MIT EINER ARMEE VON LUMPENPACK AN?
HIMMEL, DAS IST MATE TROFEN!
DU WEISST, DASS ROSENTALL UNZERSTÖRBAR IST! WENN SCHON DER VULKAN FERONA VERSAGT, OBWOHL ER ES JAHR FÜR JAHR VERSUCHT, WIRD ES DIR SICHER NICHT GELINGEN!
DIESMAL IST ES ANDERS, BELMONTH. DIE ARMEE, DIE ICH MITBRINGE, WIRD DAS SCHAFFEN, WAS FERONA JAHRHUNDERTELANG MISSLUNGEN IST.
DU SOLLST WISSEN, DASS DIESE MAUERN ETWAS BEHERBERGEN, DAS MIR GEHÖRT UND DAS ICH BRAUCHE. ICH AKZEPTIERE DEINEN RÜCKZUG UND DEN VERZICHT AUF ROSENTALL... MIT DEM GESAMTEN HOFSTAAT... ES SEI DENN...
... DU ZIEHST ES VOR, DASS ICH MIT GEWALT UND FEUER EINDRINGE. DANN WERDET IHR ALLE STERBEN.
DU WIRST VIELE WAFFEN WIE DIESE BRAUCHEN, UM MICH ZU BEZWINGEN, TROFEN. ES WÄRE VIELLEICHT PRAKTISCHER, WENN WIR UM DEN SIEG WÜRFELN.
DU WÜRDEST BESTIMMT AUCH BEIM WÜRFELN BETRÜGEN.

WARUM NICHT LIEBER EIN DUELL STATT EINER WÜRFELPARTIE? OFFENBAR BIST DU JA EIN GROSSER LIEBHABER VON TURNIEREN GEWORDEN, NACH DIESEM SCHAUPLATZ ZU URTEILEN, DEN DU HAST ERRICHTEN LASSEN. WAS DENKST DU?
ICH HÖRE KEINE ANTWORT. ÜBERZEUGT DICH DEINE EIGENE IDEE NICHT? ODER IST ES DAS, WAS ICH DENKE, UND DU BIST EINFACH NUR ZU FEIGE?
NATÜRLICH WÄRE ES EIN KAMPF BIS ZUM TOD MIT EINER WAFFE DEINER WAHL.
DIE WAFFEN SIND UNWICHTIG. ABER WENN WIR BEIDE VERLETZT SIND, DANN GEHT DER KAMPF UNENTSCHIEDEN AUS.
DER KAMPF WIRD VOM NÄCHSTEN VERWANDTEN WEITERGEFÜHRT.
GLAUB NICHT, WAS SIE DIR ERZÄHLT. DAS IST EINE FALLE, VATER. BEFIEHL DEN BOGENSCHÜTZEN, ZU SCHIESSEN! SIE SIND IN SCHUSSWEITE.
SEI STILL, JORKIN!
WAS SAGST DU, BELMONTH? HAST DU ANGST, DICH MIR ZU STELLEN?
ALSO GUT, TROFEN. ABER NUR UNSER BLUT SOLL FLIESSEN! WIR WERDEN KÄMPFEN. WENN ICH GEWINNE, WIRD DEIN GESINDEL MIT DEINER LEICHE ABZIEHEN.
IN ZWEI TAGEN, WENN DIE SONNE GENAU DORT STEHT, WO SIE SICH AUGENBLICKLICH BEFINDET, ERWARTE ICH DICH AUF DIESEM HÜBSCHEN TURNIERPLATZ, DEN DU FÜR DEINEN LETZTEN GEBURTSTAG HAST HERRICHTEN LASSEN.
ICH DENKE, DAS IST DER WAHRE GRUND MEINER ANWESENHEIT IN ROSENTALL.
TOLBAC, WUSSTEST DU VON DER EXISTENZ DIESER TROFEN?
JA, ABER NUR VOM HÖRENSAGEN. SIE GEHÖRTE ZUM GESTÜRZTEN HOFSTAAT. DOCH ICH DENKE, IHRE ABSICHTEN SIND OFFENSICHTLICH.

GLAUBST DU, BELMONTHS WORTE WAREN ERNST GEMEINT, ALS ER IN DEN KAMPF MIT TROFEN EINWILLIGTE?
GANZ SICHER. DANK SEINER TURNIERLEIDENSCHAFT IST ER GUT VORBEREITET, ER TRAINIERT JEDEN TAG...
GENAU WIE JORKIN UND SILVIA, DIE ES IHM SEIT IHRER KINDHEIT GLEICHTUN.
GUT ZU WISSEN. DANN WERDE ICH JEDEN STREIT MIT IHNEN VERMEIDEN.
EINEN AUGENBLICK, SOLDATEN, WEN TRAGT IHR DA?
ES IST DAS EINZIGE OPFER DER VOM KATAPULT ABGEFEUERTEN GESCHOSSE, DIE DEN TURM TRAFEN. WIR BRINGEN SIE ZU IHRER FAMILIE.
BEI ALLEN HEILIGEN! ICH GLAUBE, DAS IST DIE FRAU MIT DER FEUERNUMMER. DIEJENIGE, DIE PRINZ JORKIN BEDRÄNGT HAT.
DAS IST SIE, MILORD.
ES IST GUT, IHR KÖNNT GEHEN.
JA, MILORD.
ICH WERDE BELMONTH BITTEN, DASS MAN MIR MEHR LEUTE BEREITSTELLT, UM DIE SCHMIEDEARBEITEN VORANZUTREIBEN. WIR MÜSSEN SO VIEL BRONZE WIE MÖGLICH ZUSAMMENTRAGEN.
WIR SIND BEREITS DABEI, DIE GLOCKEN DER ABTEI ABZUBAUEN.
ZUR SELBEN ZEIT.
ICH FÜRCHTE, DAS WIRD NICHTS NÜTZEN. FALLS DU GEWINNST, WIRD SIE SICH KAUM BEDINGUNGSLOS ZURÜCKZIEHEN. MEINST DU WIRKLICH, DU SOLLTEST DAS DUELL ANNEHMEN?
JA, WENN ICH SO DEN TOD VON HUNDERTEN VON SOLDATEN VERMEIDEN KANN...
... DANN TUE ICH ES! UND FALLS ICH SCHEITERE, IST JORKIN TROTZ ALL SEINER DUMMHEITEN DOCH EIN GUTER KÄMPFER.
WAS MICH DERZEIT WIRKLICH BESCHÄFTIGT, IST SEINE EMINENZ FABIAN.

DIE LEICHE IM BURGVERLIES UND DER ANGRIFF VON TROFEN UND IHRER ARMEE SCHEINEN IHN VERSTÖRT ZU HABEN, UND MICH WOHL EBENSO.
WAS MEINT IHR MIT VERSTÖRT?
ER HAT MIR VORGEWORFEN, ICH HÄTTE – TROTZ ALL SEINER BEMÜHUNGEN, DIE SEELEN DES REICHS ZU RETTEN –, DEN HAUPTDÄMON, TROFEN, ENTWISCHEN LASSEN, DER AUFS ENGSTE MIT DER HÖLLE UND DER WELT DER DRACHEN VERBUNDEN SEI...
GANTZ METT UND SEINE MÄTRESSE WAREN KETZER; VERRÄTER AN DER SACHE GOTTES. NUN SIND SIE WIEDERGEKOMMEN, UM UNS ZU VERNICHTEN, UND DU SITZT AUF DEM THRON, DEN DU DANK MEINER HILFE EROBERT HAST.
ER WAR AUSSER SICH UND VERSUCHTE, MICH ANZUGREIFEN. GOTT SEI DANK GRIFF DIE WACHE EIN. ICH MUSSTE DEN BEFEHL ERTEILEN, IHN EINZUSPERREN...
ICH TRAUE MEINEN OHREN KAUM...! WER BITTE IST DIESER GANTZ METT?
ALS TABOR REGIERTE, WAR GANTZ METT KÖNIGIN DONELLAS BEICHTVATER, UND FABIAN WAR SEIN STELLVERTRETER IN DER GEISTLICHEN HIERARCHIE VON FERONA.
DU ERINNERST MICH AN KÖNIGIN DONELLA. SIE WAR EINE WUNDERVOLLE FRAU... APROPOS, ICH GLAUBE, ICH WEISS JETZT, WAS FABIAN AN DER LEICHE VON GANTZ METT SO VERSTÖRT HATTE. SIEH HER, DIESEN SELTSAMEN SCHLÜSSEL HAT FABIAN GEFUNDEN. ER SCHEINT DONELLA GEHÖRT ZU HABEN.
WAS GLAUBST DU, WO GEWÄHRT ER WOHL EINLASS?
DONELLA
ICH HABE KEINE AHNUNG. FABIAN WOLLTE ES MIR BISHER NICHT VERRATEN. UND ICH DENKE, VON IHM WERDEN WIR NICHTS MEHR ERFAHREN... FABIAN LIEGT IM STERBEN.
BISHER HATTE ICH NIE BEMERKT, WIE SEHR ER IM PALAST INTRIGIERTE. ALS ICH TABORS NACHFOLGE ANTRAT UND ALS DANN AUCH NOCH DEIN BRUDER JORKIN GEBOREN WURDE UND DEINE MUTTER STARB, WAR ICH EINFACH ZU BESCHÄFTIGT...
JA, ICH WEISS, ABER JETZT NEHME ICH DIE SACHE IN DIE HAND! ICH VERSUCHE NOCH MAL, MIT FABIAN ZU REDEN, UM HERAUSZUFINDEN, WAS ER UNS ÜBER TROFEN VERSCHWEIGT.

ROB! ICH MUSS INS BURGVERLIES HINABSTEIGEN. WÜRDEST DU MICH BEGLEITEN?
GEWISS DOCH, MILADY.
ICH GEHE ZUM KÖNIG UND LASSE MIR WEITERE INSTRUKTIONEN GEBEN, MILORD.
IN ORDNUNG, TOLBAC.
ICH HABE GESEHEN, WIE SIE KRISS ZU IHRER FAMILIE BRACHTEN. WELCH EIN UNGLÜCK! DU KENNST SIE SCHON LANGE, NICHT WAHR?
JA, ICH KENNE SIE VON KINDHEIT AN UND MAG SIE SEHR. ICH WAR BEI IHNEN, BEVOR ICH MIT MEINEM VATER SPRACH. SIE SIND UNTRÖSTLICH. UND DIE MERKWÜRDIGE KRANKHEIT VON VALKA MACHT MIR EBENFALLS SORGEN.
IM ROTEN FLÜGEL.
NEIIIIN!
KRISS! KRISS! NEIN! NEIN! NEIN!
SIE WAR IM KÖNIGLICHEN TURM, GENAU IN DER ZONE, DIE VON DEN KATAPULTGESCHOSSEN GETROFFEN WURDE.
ABER WAS HATTE SIE DORT ZU SUCHEN?
DORT BEFINDEN SICH DIE GEMÄCHER VON PRINZ JORKIN BELMONTH...
ICH SCHWÖRE, DAFÜR WIRD ER BEZAHLEN! ICH SCHWÖRE ES!

DU SCHEINST VERSTÖRT, SILVIA. WAS IST LOS? WILLST DU DICH MIR ANVERTRAUEN?
SICHER. DEINE MEINUNG ZU DER SACHE IST MIR WICHTIG.
BIS ZUM HEUTIGEN TAGE WAR MIR NICHT KLAR, WIE WENIG ICH ÜBER DIE GESCHICHTE ROSENTALLS UND MEINER FAMILIE WUSSTE.
FABIAN IST DER EINZIGE, DER ÜBER DINGE BESCHEID WEISS, DIE OFFENBAR SELBST MEINEM VATER VERBORGEN BLIEBEN.
VOR DREISSIG JAHREN, NACH DEM STURZ DER TABORS DURCH DIE HAND MEINES VATERS, HAT FABIAN ANGEBLICH EINE »SÄUBERUNG« AM HOFE DURCHGEFÜHRT.
WAS FÜR EINE SÄUBERUNG?
ER LIESS ALLE ANHÄNGER DER TABORS ELIMINIEREN UND RECHTFERTIGTE DIESE AKTION DAMIT, DASS SIE KETZER SEIEN, ODER WAHLWEISE KONKUBINEN DES DURCH MADRAGON PERSONIFIZIERTEN DÄMONS, DER ZU JENER ZEIT AUFTAUCHTE.
WACHE, BRINGT UNS ZU SEINER EMINENZ FABIAN!
JAWOHL, MILADY.
ICH HABE DIESE ERZÄHLUNGEN IMMER FÜR LEGENDEN GEHALTEN, ABER HEUTE BIN ICH MIR NICHT MEHR SO SICHER.
HIER IST ES, MILADY.
ÖFFNET UND WARTET HIER!
HERR IM HIMMEL, ICH RECHNE MIT DEM SCHLIMMSTEN!

WIR SIND ZU SPÄT GEKOMMEN!
MOMENT...! ER HAT SICH BEWEGT.
JA, ER ATMET NOCH!
WIR MÜSSEN IHN VON HIER WEGBRINGEN! WICKEL IHN IN EINE DECKE EIN!
WACHE! WIR NEHMEN DIESEN MANN MIT.
JA, MILADY.
ZUR SELBEN ZEIT.
ICH WURDE LANGSAM UNGEDULDIG UND FING AN, LAUTSTARK AUF MEINEN HUNGER AUFMERKSAM ZU MACHEN, DOCH MEINE MUTTER WAR NICHT DA.
WO IST VALKA?
KRISS' TOD HAT SIE SEHR MITGENOMMEN, SIE IST HINAUSGEGANGEN. ICH KÜMMERE MICH UM NIKO.
FÜR DIESEN SCHMERZ UND DEN ENORMEN HASS GAB ES KEINEN AUSDRUCK...
JIMÉNEZ 20/01 - 2009 ©

DAS WAR KRISS' SCHWÄGERIN. ICH GLAUBE, SIE IST HINTER JORKIN HER. ICH MUSS DIE GARNISON WARNEN.
IHRE WUT VERLEIHT IHR UNGLAUBLICHE KRÄFTE! NIEMAND VERMAG SIE AUFZUHALTEN!
ICH HOFFE, SEINE EMINENZ WIRD SICH ERHOLEN, ABER...
VERZEIHT MIR, MILORD, MILADY. PRINZ JORKIN WIRD GERADE VON EINER VERWANDTEN DER FRAU GEJAGT, DIE IM KÖNIGLICHEN TURM STARB.
WAS?
AN EXAKT DEM ORT, WO DAS KATAPULTGESCHOSS EINGESCHLAGEN HATTE, KAUERTE JORKIN – ZURÜCKGEZOGEN IN SEINE ENGSTIRNIGE WELT, DEM STUMPFSINN VERFALLEN.
ACHTUNG, TURMGARNISON! HALTET DEN EINDRINGLING AUF! SCHÜTZT PRINZ JORKIN!
WIR SIND AUF DER HUT!
JORKIN! ICH WEISS, WO DU BIST, VERFLUCHTER HURENSOHN!
DIE SONNE VERDUNKELTE SICH PLÖTZLICH. DIE VOM VULKAN AUSGESTOSSENE WOLKE AUS FEUER UND ASCHE BEDECKTE ALLES.
DA IST SIE! SCHIESST ALLE GLEICHZEITIG!

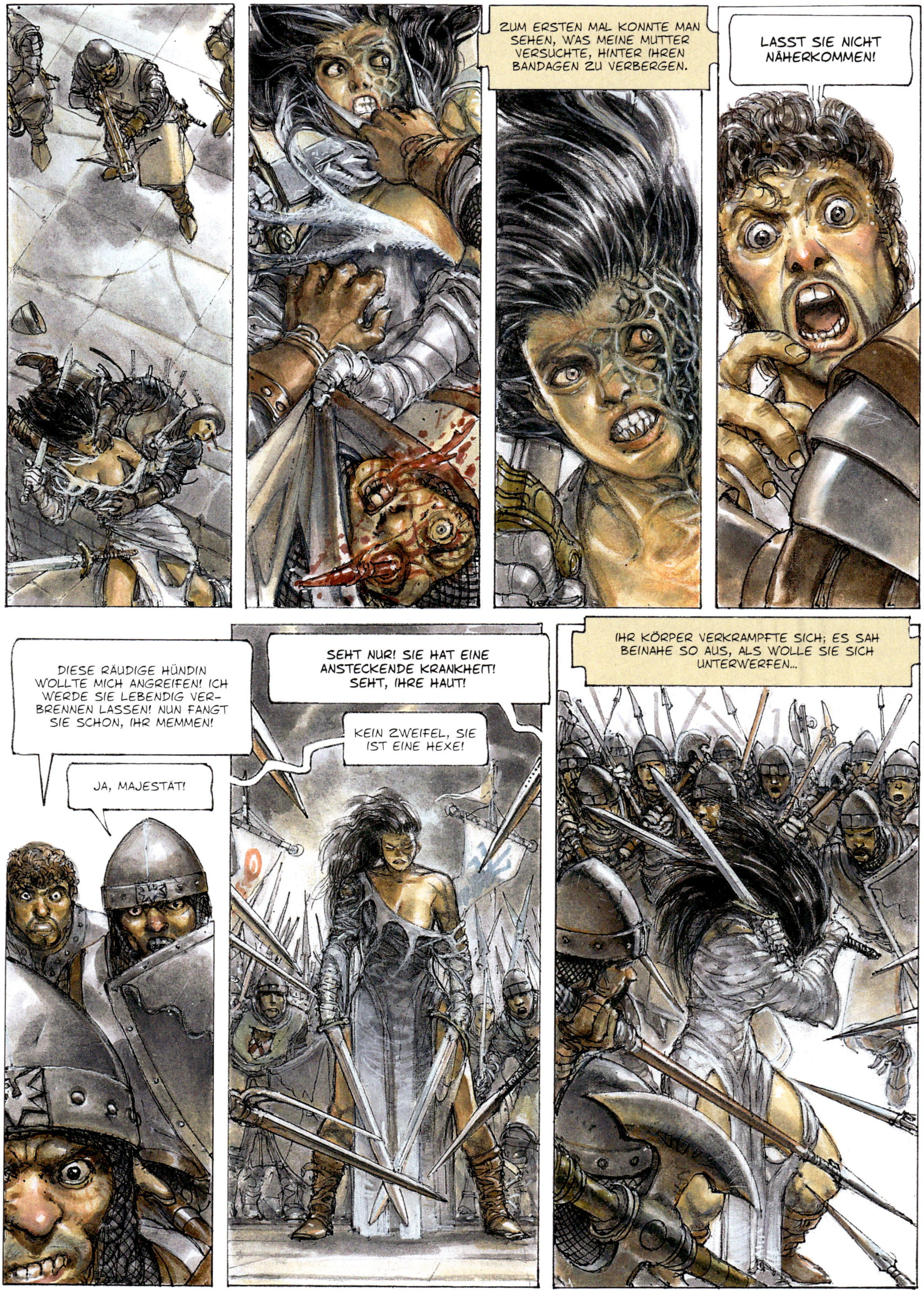
ZUM ERSTEN MAL KONNTE MAN SEHEN, WAS MEINE MUTTER VERSUCHTE, HINTER IHREN BANDAGEN ZU VERBERGEN.
LASST SIE NICHT NÄHERKOMMEN!
DIESE RÄUDIGE HÜNDIN WOLLTE MICH ANGREIFEN! ICH WERDE SIE LEBENDIG VERBRENNEN LASSEN! NUN FANGT SIE SCHON, IHR MEMMEN!
JA, MAJESTÄT!
SEHT NUR! SIE HAT EINE ANSTECKENDE KRANKHEIT! SEHT, IHRE HAUT!
KEIN ZWEIFEL, SIE IST EINE HEXE!
IHR KÖRPER VERKRAMPFTE SICH; ES SAH BEINAHE SO AUS, ALS WOLLE SIE SICH UNTERWERFEN...

... BEVOR IHRE KRÄFTE EINEM VULKAN GLEICH ENTFESSELT WURDEN UND JEGLICHEM LEBEN, DAS SIE UMGAB, EIN ENDE SETZTEN.
MUTTER, HIER BIN ICH!
ARMBRUSTSCHÜTZEN, ERLEDIGT DIESE HEXE!
UNMÖGLICH, MILORD!
SIE IST EIN DÄMON!
VERFLUCHTE FEIGLINGE! DANN MACH ICH'S EBEN SELBST.
LOS, TOLBAC, ICH GLAUBE, JETZT IST DER RICHTIGE MOMENT. GEH VON LINKS RAN.
IN ORDNUNG, MILORD.

KEINEN SCHRITT NÄHER, DU VERDAMMTES MONSTER!
JORKIN! DU WEISST, DASS DU STERBEN WIRST, NICHT WAHR?
ES WAR OFFENSICHTLICH, DASS IHR SEHVERMÖGEN...
... UND IHRE REFLEXE NICHT MENSCHLICH WAREN.
DEINE HAUT! DEIN KÖRPER. DU BIST BESESSEN! DER HERR-GOTT MÖGE MIR BEISTEHEN!
UND IHR, WOLLT IHR AUCH, DASS EUCH DIE GÖTTER ZU HILFE EILEN?
WIR WOLLEN WEITERE UNNÜTZE TOTE VERMEIDEN... WENIGSTENS DIESEN EINEN.

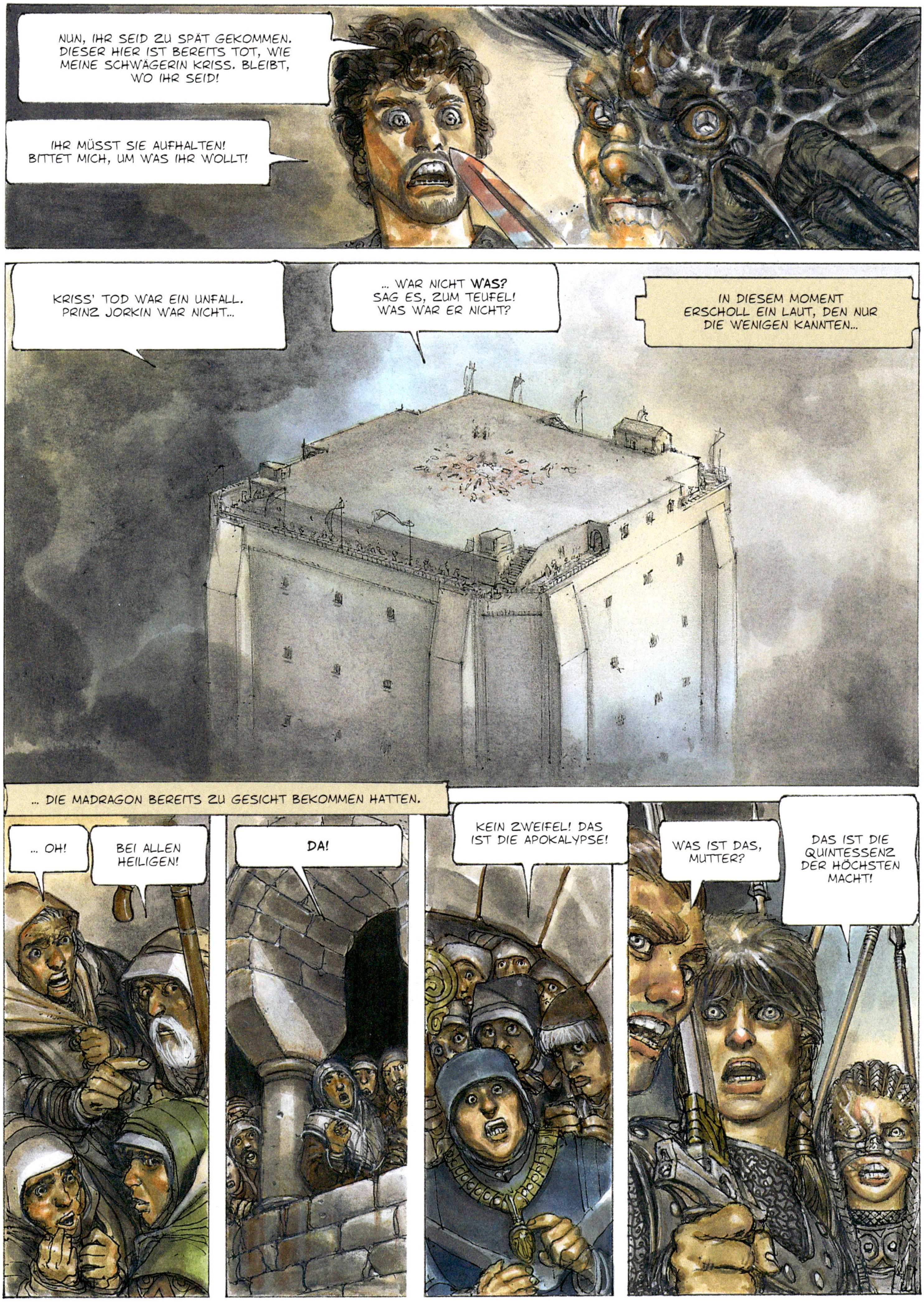
NUN, IHR SEID ZU SPÄT GEKOMMEN. DIESER HIER IST BEREITS TOT, WIE MEINE SCHWÄGERIN KRISS. BLEIBT, WO IHR SEID!
IHR MÜSST SIE AUFHALTEN! BITTET MICH, UM WAS IHR WOLLT!
KRISS' TOD WAR EIN UNFALL. PRINZ JORKIN WAR NICHT...
... WAR NICHT **WAS?** SAG ES, ZUM TEUFEL! WAS WAR ER NICHT?
IN DIESEM MOMENT ERSCHOLL EIN LAUT, DEN NUR DIE WENIGEN KANNTEN...
... DIE MADRAGON BEREITS ZU GESICHT BEKOMMEN HATTEN.
... OH!
BEI ALLEN HEILIGEN!
DA!
KEIN ZWEIFEL! DAS IST DIE APOKALYPSE!
WAS IST DAS, MUTTER?
DAS IST DIE QUINTESSENZ DER HÖCHSTEN MACHT!

ENDLICH BIST DU DA, MUTTER!
DAS IST MADRAGON!
ICH SPÜRTE EINE GEWALTIGE FREUDE, DIE MIR MEINE MUTTER ALLEIN DURCH DEN ANBLICK DESSEN VERMITTELTE...
... WAS MAN MEINE LEIBHAFTIGE GROSS-MUTTER NENNEN KÖNNTE, DIE EINEN SPEKTAKULÄREN AUFTRITT HINLEGTE.
ICH GEHÖRE DIR.
UNFASSBAR.
ABER WAS MACHT SIE DA?
JIMENEZ ©

MAMA!
SIE WARF SICH INS LEERE.

DER TOD ERWARTETE SIE ZWEIHUNDERT METER TIEFER.
DUNST UND ASCHE VERHÜLLTEN DAS ENDE DES STURZES.
EIN GEWITTER, WIE MAN ES NIEMALS ZUVOR ERLEBT HATTE, GING ÜBER ROSENTALL NIEDER.
VON HIER OBEN SIEHT MAN NICHTS.
UNWICHTIG. NIEMAND KANN EINEN SOLCHEN STURZ ÜBERLEBEN.
ZUMINDEST NIEMAND, DER KEINE FLÜGEL HAT. EINIGE AUGENZEUGEN BEHARRTEN SPÄTER DARAUF, ZWISCHEN DEN BLITZEN UND WOLKEN DES VULKANS FERONA ZWEI NEBENEINANDER FLIEGENDE DRACHEN GESEHEN ZU HABEN.
IN JENER NACHT WURDEN MEIN VATER KAMIL, DIE GANZE ARTISTENGRUPPE UND SELBST MEINE WENIGKEIT ZU KÖNIG BELMONTH GERUFEN.
SEIT IHREM ACHTUNDZWANZIGSTEN GEBURTSTAG LITT VALKA UNTER KÖRPERLICHEN BESCHWERDEN, DIE SICH WÄHREND DER SCHWANGERSCHAFT VERSCHLIMMERT HATTEN.
DIE FLECKEN AUF IHRER HAUT ERSCHIENEN KURZE ZEIT, NACHDEM SIE ERFUHR, DASS SIE EIN KIND ERWARTETE.

WIR HABEN DIE FLECKEN VERBORGEN GEHALTEN, AUS ANGST, MAN KÖNNE SIE ALS HEXE ANKLAGEN.
ICH ZWEIFLE NICHT DARAN, DASS SIE EINE WAR! WER SONST HÄTTE DIE MACHT, SICH IN EIN TÖDLICHES MONSTRUM ZU VERWANDELN?
SEI STILL, JORKIN! FAHR FORT, KAMIL.
DAS ERSTE, WAS UNS SEIT UNSERER ANKUNFT IN DER REGION AUFFIEL, WAR, DASS SIE FAST NICHT MEHR SCHLIEF. SIE WAR WIE BESESSEN VOM ANBLICK DES VULKANS FERONA.
NATÜRLICH HAT SIE DER ANBLICK DES VULKANS AUFGEWÜHLT! DORT LEBT MADRAGON! UND WAS IST MIT DEM KIND? ES IST IMMERHIN **IHR** SOHN...!
DAS REICHT JETZT, JORKIN!
VATER... DIESE LEUTE, DIESES KIND... SIE SIND ALLE VERBÜNDETE DES DÄMONS, DAS IST EINDEUTIG. DAS ERNEUTE AUFTAUCHEN VON MADRAGON BEWEIST ES. WAS MACHEN WIR MIT IHNEN?
GAR NICHTS, JORKIN, UND DU HÄLTST JETZT EIN FÜR ALLEMAL DEN MUND! WIR KENNEN DIESE LEUTE SEIT VIELEN JAHREN.
RICHTIG. UND FALLS ES SICH TATSÄCHLICH UM EINE KRANKHEIT HANDELT, SOLLTEN WIR UNSERE FREUNDE BESSER ISOLIEREN, SIE BEOBACHTEN UND UNS SO GUT WIE MÖGLICH UM SIE KÜMMERN. IN DER ZWISCHENZEIT WERDEN WIR NACH EINER LÖSUNG SUCHEN.
SO SOLL ES GESCHEHEN! WIR HABEN EIN WEITAUS ERNSTERES PROBLEM MIT DIESER ARMEE, DIE VOR UNSEREN TOREN LAGERT UND UNS VERNICHTEN WIRD, WENN WIR NICHT AUFPASSEN.
ALSO WERDEN WIR SILVIAS VORSCHLAG BEFOLGEN.
ALLE GAUKLER WERDEN BIS AUF WEITEREN BEFEHL IM ROTEN FLÜGEL UNTER QUARANTÄNE GESTELLT.

WIR LASSEN IHNEN DAS EINFACH SO DURCHGEHEN? EINE TEUFELIN TRITT AUS IHRER MITTE UND VERSUCHT, MICH ZU TÖTEN, UND WIR TUN NICHTS?
ICH KA...
DU HAST RICHTIG GEHÖRT. ES SEI DENN, DU WILLST DIESE ARMEN LEUTE FÜR ETWAS BESTRAFEN, DESSEN SCHULD DU TRÄGST?!
DANN SEI STILL UND JAMMERE IN EINER VERBORGENEN ECKE DES SCHLOSSES. ICH WILL NICHTS MEHR HÖREN.
ABER VATER!
WAFFENMEISTER, BEREITET DIE LANZEN UND DIE AUSRÜSTUNG FÜR DAS MORGIGE TURNIER VOR.
JA, MILORD.
IM LAGER DER ARMEE VON TROFEN.
MUTTER, ICH DENKE, ICH HABE MEINE KAMPFKRAFT UNTER BEWEIS GESTELLT. DAS BESTÄTIGT AUCH BRANDON KEN: ES WIRD ZEIT, DASS DU MIR DEIN VERTRAUEN SCHENKST.
ICH VERTRAUE DIR, DOCH DAS DUELL WIRD BRANDON KEN BESTREITEN. ER WIRD BELMONTH UND JEDEN, DER IHN VERTRITT, KURZERHAND ERLEDIGEN.
ES IST ETWAS ANDERES, AN EINEM TURNIER TEILZUNEHMEN, ALS GEGEN SOLDATEN ZU KÄMPFEN. DARIN BIST DU SICHER VERSIERT GENUG, TREPPO.
ABER MUTTER...
ENDE DER DISKUSSION!
MUTTER HAT RECHT. DU BIST MUTIG UND ENTSCHLOSSEN, ABER...
TEUFEL AUCH, ICH BIN ES LEID, WIE EIN KIND BEHANDELT ZU WERDEN!
DU HAST MUTTER GEHÖRT. WIR SOLLTEN UNS BESSER AUSRUHEN. PADRON, DU WIRST MIR BEIM KAMPF ASSISTIEREN.
JA, MILORD.
PADRON. HAST DU IMMER NOCH DIESEN STARKEN SCHLAFTRUNK? DER, DEN WIR BENUTZEN, UM SCHMERZEN ZU LINDERN?
JA, ALLERDINGS, UND ICH WEISS, WORAN IHR DENKT, MILORD. ICH WERDE EUCH GEHORCHEN, ABER IHR ÜBERNEHMT DIE VOLLE VERANTWORTUNG IN DIESER SACHE.
KEINE SORGE. NIEMAND WIRD DAVON ERFAHREN!

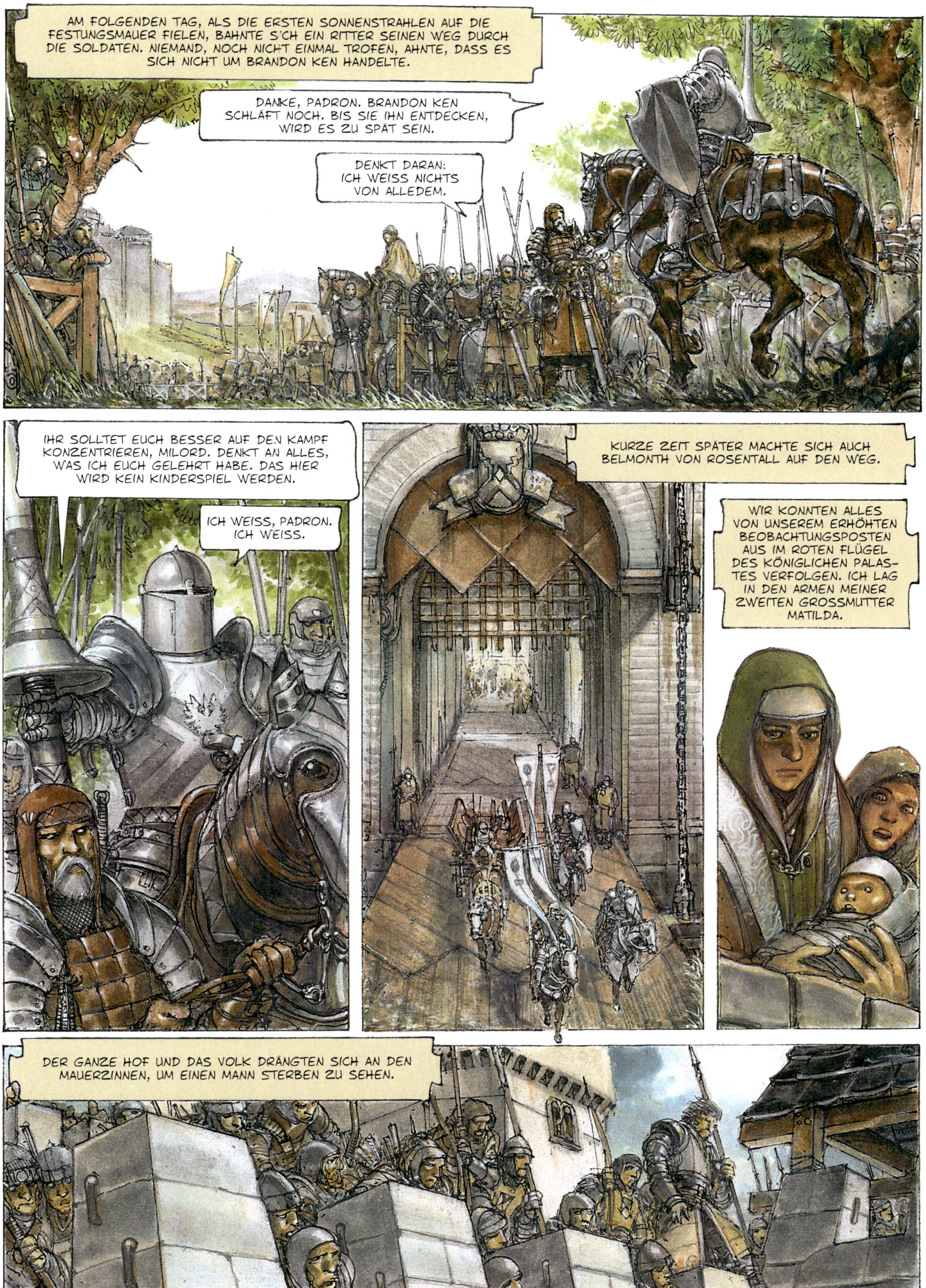
AM FOLGENDEN TAG, ALS DIE ERSTEN SONNENSTRAHLEN AUF DIE FESTUNGSMAUER FIELEN, BAHNTE SICH EIN RITTER SEINEN WEG DURCH DIE SOLDATEN. NIEMAND, NOCH NICHT EINMAL TROFEN, AHNTE, DASS ES SICH NICHT UM BRANDON KEN HANDELTE.
DANKE, PADRON. BRANDON KEN SCHLÄFT NOCH. BIS SIE IHN ENTDECKEN, WIRD ES ZU SPÄT SEIN.
DENKT DARAN: ICH WEISS NICHTS VON ALLEDEM.
IHR SOLLTET EUCH BESSER AUF DEN KAMPF KONZENTRIEREN, MILORD. DENKT AN ALLES, WAS ICH EUCH GELEHRT HABE. DAS HIER WIRD KEIN KINDERSPIEL WERDEN.
ICH WEISS, PADRON. ICH WEISS.
KURZE ZEIT SPÄTER MACHTE SICH AUCH BELMONTH VON ROSENTALL AUF DEN WEG.
WIR KONNTEN ALLES VON UNSEREM ERHÖHTEN BEOBACHTUNGSPOSTEN AUS IM ROTEN FLÜGEL DES KÖNIGLICHEN PALASTES VERFOLGEN. ICH LAG IN DEN ARMEN MEINER ZWEITEN GROSSMUTTER MATILDA.
DER GANZE HOF UND DAS VOLK DRÄNGTEN SICH AN DEN MAUERZINNEN, UM EINEN MANN STERBEN ZU SEHEN.

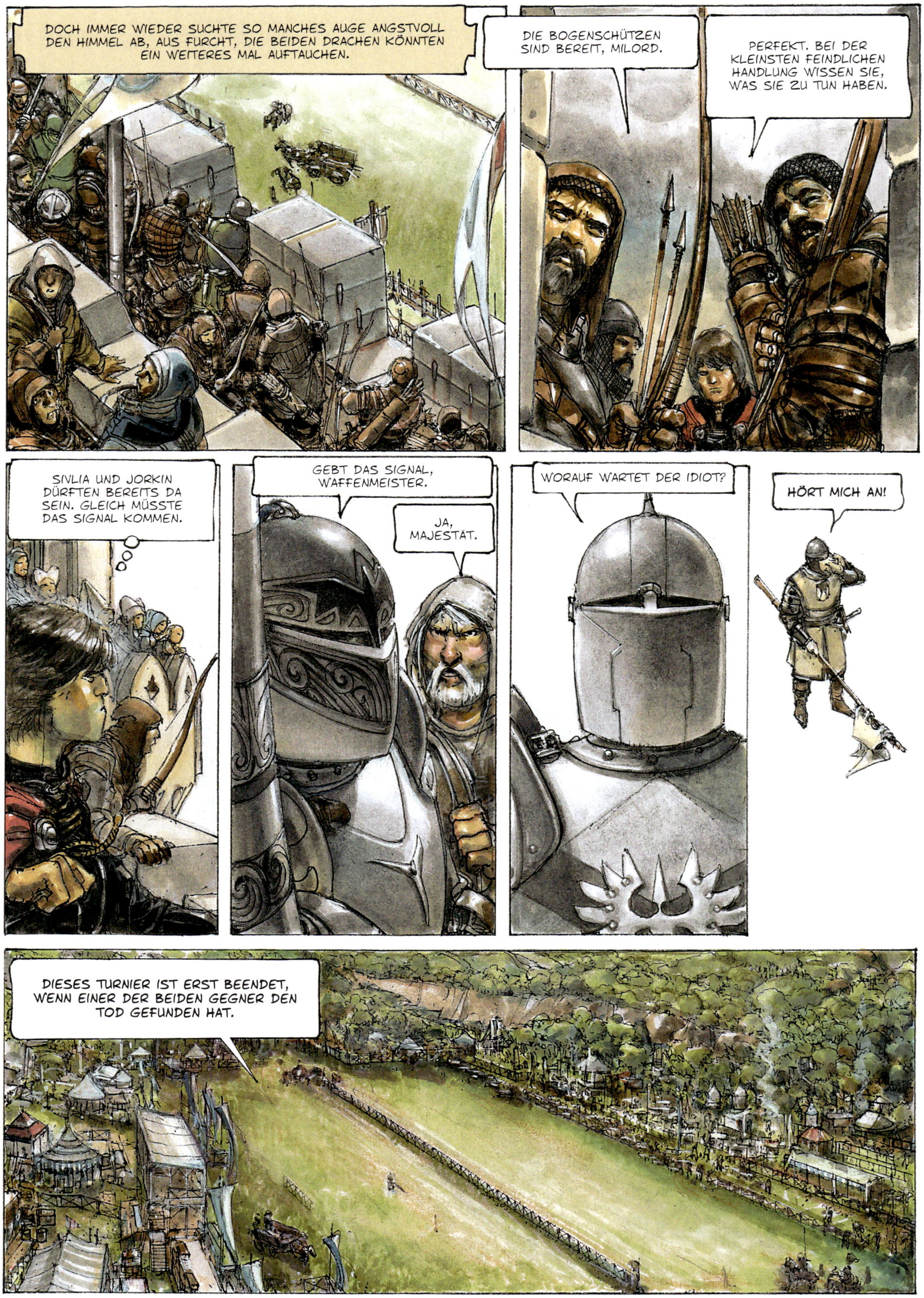

DOCH IMMER WIEDER SUCHTE SO MANCHES AUGE ANGSTVOLL DEN HIMMEL AB, AUS FURCHT, DIE BEIDEN DRACHEN KÖNNTEN EIN WEITERES MAL AUFTAUCHEN.
DIE BOGENSCHÜTZEN SIND BEREIT, MILORD.
PERFEKT. BEI DER KLEINSTEN FEINDLICHEN HANDLUNG WISSEN SIE, WAS SIE ZU TUN HABEN.
SIVLIA UND JORKIN DÜRFTEN BEREITS DA SEIN. GLEICH MÜSSTE DAS SIGNAL KOMMEN.
GEBT DAS SIGNAL, WAFFENMEISTER.
JA, MAJESTÄT.
WORAUF WARTET DER IDIOT?
HÖRT MICH AN!
DIESES TURNIER IST ERST BEENDET, WENN EINER DER BEIDEN GEGNER DEN TOD GEFUNDEN HAT.

KEINER DER BEIDEN GEGNER WARTETE DAS ENDE DIESER FÜR SIE ÜBERFLÜSSIGEN BELEHRUNG AB...
DIE STÖSSE WAREN VON EXAKT DERSELBEN SCHLAGKRAFT.

ABER DAS GIBT'S DOCH NICHT!
DAS IST NICHT BELMONTH!
ES IST PRINZESSIN SILVIA!
SILVIA STAND UMGEHEND WIEDER AUF UND ERHIELT, EBENSO WIE IHR GEGNER, EINE NEUE WAFFE.
GEHT ES EUCH GUT, MILADY?
BESSER ALS JE ZUVOR, WAFFENMEISTER.
MACH HACKFLEISCH AUS IHR!
ROSENTALL GEHÖRT UNS.

DAS KANN NICHT BRANDON KEN SEIN! ER WÄRE NICHT SO DUMM... DAS KANN NUR... OH NEIN... **NEIN!**
BEI ALLEN GÖTTERN!

IM NAMEN MEINES VATERS, ROSENTALL GEHÖRT UNS!
AARGH!
ES IST NICHT MATE TROFEN, MAJESTÄT.
DANN MUSS ES EINER IHRER SÖHNE SEIN. GEHEN WIR!

ES WAR EIN GERECHTER KAMPF. DIE ABSPRACHE MUSS RESPEKTIERT UND DER STREIT BEIGELEGT WERDEN!
ICH GLAUBE KAUM, DASS IHNEN DER AUSGANG GEFÄLLT. LOS, BEEIL DICH!
VERDAMMT, GEHT ZUR SEITE! WAS IST LOS? WO IST TREPPO? PADRON, WO IST TREPPO?
ABER... BRANDON KEN! WER HAT DANN...?!
GENERAL TROFEN, DER VERLIERER IST KEIN ANDERER ALS TREPPO, UND ER IST TOT!
BOGENSCHÜTZEN, ACHTUNG! HALTET EUCH BEREIT!
WIE IST DAS MÖGLICH? WIE IST DAS NUR MÖGLICH?! UND ICH BIN DAFÜR VERANTWORTLICH, MEIN BRUDER!
IHR SEID ES NICHT ALLEIN, BRANDON KEN.
WORAUF WARTET IHR, DUMMKÖPFE? SCHIESST! SCHIESST! TÖTET SIE ALLE!

DECKT IHREN RÜCKZUG! HÖRT NICHT AUF ZU SCHIESSEN! ZIELT SO WEIT WIE MÖGLICH!

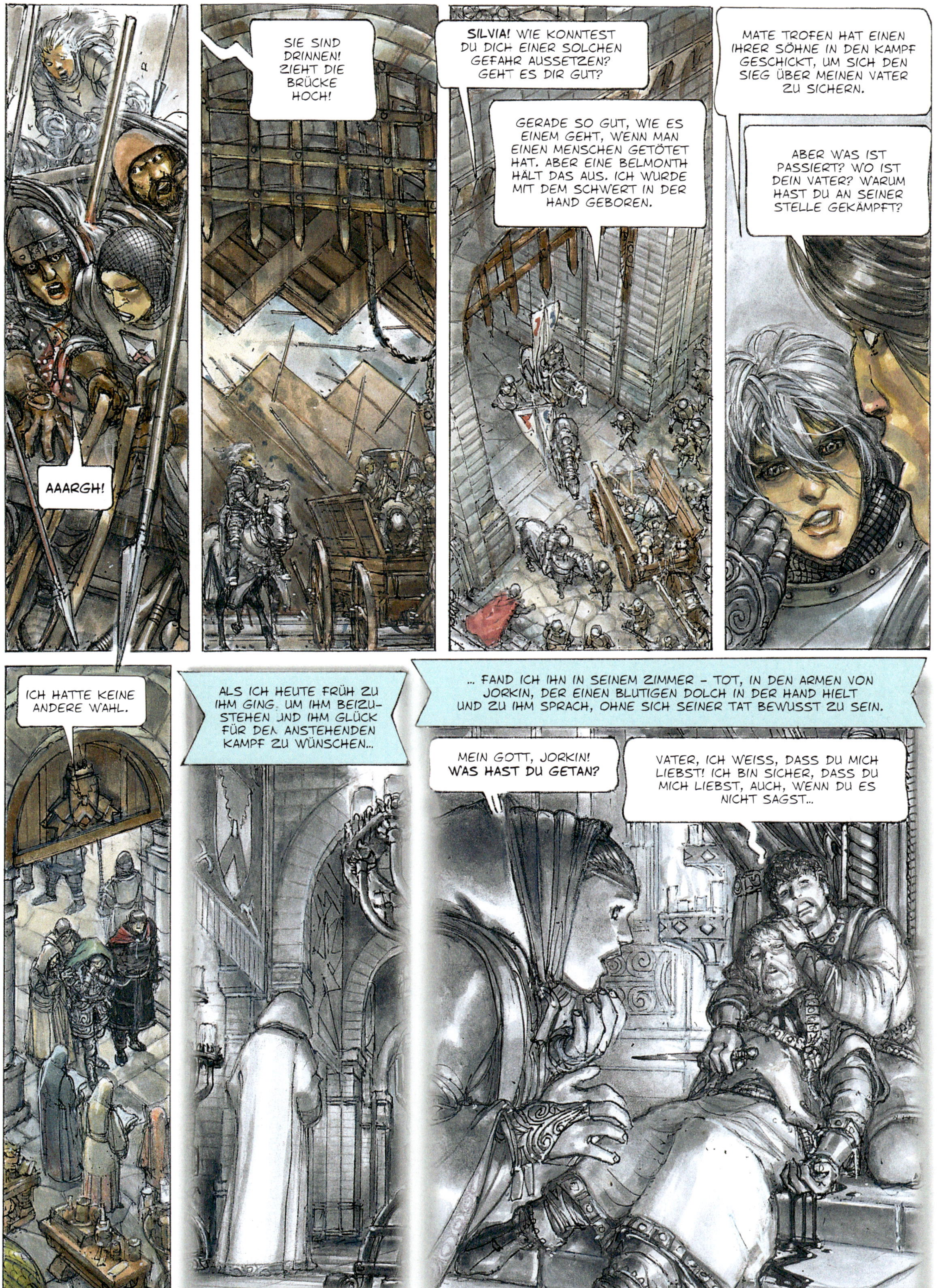

AAARGH!
SIE SIND DRINNEN! ZIEHT DIE BRÜCKE HOCH!
SILVIA! WIE KONNTEST DU DICH EINER SOLCHEN GEFAHR AUSSETZEN? GEHT ES DIR GUT?
GERADE SO GUT, WIE ES EINEM GEHT, WENN MAN EINEN MENSCHEN GETÖTET HAT. ABER EINE BELMONTH HÄLT DAS AUS. ICH WURDE MIT DEM SCHWERT IN DER HAND GEBOREN.
MATE TROFEN HAT EINEN IHRER SÖHNE IN DEN KAMPF GESCHICKT, UM SICH DEN SIEG ÜBER MEINEN VATER ZU SICHERN.
ABER WAS IST PASSIERT? WO IST DEIN VATER? WARUM HAST DU AN SEINER STELLE GEKÄMPFT?
ICH HATTE KEINE ANDERE WAHL.
ALS ICH HEUTE FRÜH ZU IHM GING, UM IHM BEIZUSTEHEN UND IHM GLÜCK FÜR DEN ANSTEHENDEN KAMPF ZU WÜNSCHEN...
... FAND ICH IHN IN SEINEM ZIMMER – TOT, IN DEN ARMEN VON JORKIN, DER EINEN BLUTIGEN DOLCH IN DER HAND HIELT UND ZU IHM SPRACH, OHNE SICH SEINER TAT BEWUSST ZU SEIN.
MEIN GOTT, JORKIN! WAS HAST DU GETAN?
VATER, ICH WEISS, DASS DU MICH LIEBST! ICH BIN SICHER, DASS DU MICH LIEBST, AUCH, WENN DU ES NICHT SAGST...

ER HATTE IHM IN EINEM ANFALL VON WAHNSINN DIE KEHLE DURCHGESCHNITTEN. ER LIEF WEG UND WEINTE WIE EIN KIND.
... ICH BIN SICHER, DASS DU MICH LIEBST...
VATER! HERR IM HIMMEL! ICH FASSE ES NICHT!
MUTTER! MUTTER, WO BIST DU?
OFFENSICHTLICH HATTE ER DEN GROSSEN DRUCK, DEN MEIN VATER STÄNDIG AUF IHN AUSÜBTE, NICHT MEHR ERTRAGEN.
IMMER WIEDER BETONTE ER, WIE DUMM UND UNNÜTZ JORKIN SEI. TROFENS ANGRIFF UND DIE SACHE MIT KRISS UND VALKA HABEN IHM DEN REST GEGEBEN.
ICH HATTE KEINE ANDERE WAHL, ALS BEIDE ZU ERSETZEN. DER WAFFENMEISTER SORGTE FÜR ALLES ÜBRIGE. WIR DURFTEN KEINESFALLS DIE GELEGENHEIT VERPASSEN, EINEN OFFENEN KAMPF GEGEN TROFENS ARMEE ZU VERMEIDEN.
OBSCHON ES, WIE DU SIEHST, ZWECKLOS WAR. IM GEGENTEIL, IHR HASS UND IHRE GEWALTBEREITSCHAFT SIND NOCH GRÖSSER GEWORDEN.
ICH SCHÄTZE, DU WIRST DEINEN VATER FORTAN IN ALLEN BELANGEN VERTRETEN MÜSSEN. NEBEN DEM SCHWERT UND DER RÜSTUNG WIRST DU VON NUN AN AUCH DIE KRONE TRAGEN.

ZWEIFELLOS... ALLES GING SO SCHNELL, DASS ICH DARAN ÜBERHAUPT NICHT GEDACHT HABE. ICH SOLLTE BESSER GLEICH DAMIT BEGINNEN. ICH MUSS DAS BEGRÄBNIS MEINES VATERS ORGANISIEREN.
UND DEINE HILFE WÄRE MIR SEHR WILLKOMMEN, ROB.
NATÜRLICH! ICH WERDE AN DEINER SEITE SEIN, SOLANGE DU MICH BRAUCHST.
SIEH DOCH, VATER, SILVIA HAT DEN RECHTMÄSSIG MIR ZUSTEHENDEN PLATZ EINGENOMMEN! SIE STELLT SICH WEITERHIN ZWISCHEN UNS. ABER DAS WERDE ICH NICHT ZULASSEN.
DER GROSSMEISTER ROB BESCHLOSS, DAS ARBEITSTEMPO IN DEN SCHMIEDEN ANZUZIEHEN.
SO SCHNELL WIE MÖGLICH SOLLTEN DIE NÖTIGEN WAFFEN HERGESTELLT WERDEN, UM ROSENTALL ZU VERTEIDIGEN.
IN JENER NACHT EHRTE MAN DIE TOTEN: KÖNIG BELMONTH IM INNEREN DES SCHLOSSES, UND TREPPO TROFEN AUSSERHALB. NICHT WEIT VON DEN MAUERN, AUF DEM HÜGEL, ZEUGTE EIN GROSSER SCHEITERHAUFEN VON DEM GANZEN AUSMASS DES DRAMAS.

HOCH OBEN AM HIMMEL, ÜBER DEM FEUERSPEIENDEN VULKAN FERONA, SCHIENEN ZWEI DRACHENWEIBCHEN MIT IHREM ANMUTIGEN FLUG DIE TRAUERFEIERN ZU WÜRDIGEN.
EINES DAVON WAR MEINE MUTTER.